LE SECRET
des vagues

Guy Saint-Jean Éditeur
3440, boul. Industriel Laval (Québec) Canada H7L 4R9
450 663-1777 • info@saint-jeanediteur.com • www.saint-jeanediteur.com

....

**Données de catalogage avant publication disponibles à Bibliothèque et Archives nationales du Québec
et à Bibliothèque et Archives Canada.**

....

*Nous reconnaissons l'aide financière du gouvernement du Canada par l'entremise du Fonds du livre du Canada (FLC)
ainsi que celle de la SODEC pour nos activités d'édition.*

Gouvernement du Québec – Programme de crédit d'impôt pour l'édition de – Gestion SODEC

© Guy Saint-Jean Éditeur Inc. 2017

Conception graphique de la couverture et infographie : Olivier Lasser
Révision : Fanny Fennec
Correction d'épreuves : Émilie Leclerc
Photo de la page couverture : Olivier Lasser

Dépôt légal – Bibliothèque et Archives nationales du Québec, Bibliothèque et Archives Canada, 2017
ISBN : 978-2-89758-270-8
ISBN EPUB : 978-2-89758-271-5
ISBN PDF : 978-2-89758-272-2

Imprimé au Canada
1ʳᵉ impression, mars 2017

 Guy Saint-Jean Éditeur est membre de
l'Association nationale des éditeurs de livres (ANEL).

CARMEN BELZILE

LE SECRET
des vagues

ROMAN

Guy Saint-Jean
ÉDITEUR

« *Nous portons les cicatrices de nos blessures.*
À nous de les honorer, car elles disent
aussi que nous avons survécu et qu'elles
nous ont rendus plus forts ou plus lucides. »

JACQUES SALOMÉ

À toi Denis,
une fidèle présence, un havre protecteur…
et plus encore.

À des couples inspirants,
Linda et Claude
Louise et Claude
Jocelyne et Robert

Parce que l'amour n'a pas d'âge, ils ont su donner
une seconde chance à la vie de couple.

PREMIÈRE PARTIE

L'été des remous

CHAPITRE 1

Élizabeth

Voilà des kilomètres et des kilomètres que je laisse les paysages d'infinies étendues m'emplir les yeux en suivant des verbiages à la radio d'ICI Radio-Canada, sur les ondes de Rimouski, de Sainte-Anne-des-Monts et de Gaspé, sans y prêter vraiment attention.

En quittant la maison, j'avais roulé dans un état euphorique pendant deux heures, contente de cette décision impulsive de partir sur-le-champ. Je souhaitais estomper l'image de la mère que j'étais et redonner toute la place à la femme.

J'avais emprunté la route 132 en découvrant ce Québec que je connaissais si peu. Après une nuit dans une jolie auberge de Saint-Jean-Port-Joli et un somptueux déjeuner, j'avais repris la route. Tenir le volant me procurait un immense sentiment d'autonomie et de liberté. Jamais je n'avais parcouru, seule, une telle distance. Le paysage défilait à mesure que je progressais, pendant que se déroulait dans ma tête le film de l'année qui venait de s'écouler.

Dans mon esprit, je révisais le contexte de ce départ en vacances. Précipité, ou plutôt devancé d'une journée à la suite d'une altercation avec Daniel, mon fils aîné. Depuis les débuts de mon mariage avec Bernard, nous prenions en famille la direction de la côte Est américaine pour nos vacances. Je ne pouvais plus supporter les plages de Wildwood. Mon mari avait découvert cette région à une époque où nos fils étaient tout jeunes. L'endroit parfait pour ériger des châteaux dans le sable, construire des rigoles ou patauger dans la mer. J'adorais le roulement des vagues à mon oreille, le joyeux barbotage des petits qui s'amusaient dans l'eau, les repas de poisson et les longues promenades au bord de l'océan. Puis les enfants ont grandi, ils occupaient un emploi d'été et bien sûr, ce n'était plus de leur âge de partir en vacances avec papa et maman. Bernard et moi avons continué de fréquenter cet endroit avec des amis ou la famille de sa sœur. Jamais en tête à tête. Une année, j'avais exprimé le souhait que l'on s'installe à Cape May, juste à côté, un lieu paisible et à l'architecture d'époque tellement plus jolie. À mes yeux, mais pas du point de vue de Bernard. Et, en tout temps, son idée s'avérait la meilleure, il avait toujours su trouver les arguments pour me rallier à ce qu'il voulait. Quand nos fils étaient devenus parents à leur tour, cette destination était restée inchangée. N'était-ce pas charmant de prendre des vacances à trois générations ? À cette époque, on louait une grande maison. Ce n'était pas nécessairement de tout repos.

Ça faisait des mois que j'avais réservé ce chalet. Je ne trouvais plus de raisons à poursuivre un type de vacances en famille qui ne me convenait plus. Je n'y puisais aucun ressourcement. À soixante-deux ans, j'étais bien en droit de décider par moi-même de l'endroit où prendre des vacances. Cette confrontation avec Daniel m'angoissait et me soulageait à la fois. J'avais tendance à esquiver les affrontements, ne sachant pas trop comment les gérer. Mais un sentiment nouveau émergeait, la volonté d'affirmer ce qui comptait vraiment à mes yeux. En toutes circonstances, à la maison comme dans le travail à l'école, j'avais toujours évité d'élever la voix. J'avais tenté d'expliquer mon point de vue à Daniel. Cette discussion avec mon fils au sujet des vacances ne menait nulle part, car j'étais bien déterminée à me rendre en Gaspésie. Une voix inconnue était sortie de ma gorge et je lui avais dit :

— ASSEZ, JE FERAI CE DONT J'AI ENVIE ! POINT !

Avais-je crié ou simplement élevé le ton ? Pendant une fraction de respiration, j'avais eu l'impression que Daniel s'imaginait faire face à un fantôme. Cette situation était improbable, ahurissante pour lui. Au fil des années et sans doute à cause de ma bonne éducation, j'avais développé l'habitude de baisser d'une octave ou deux quand on parlait trop fort avec moi. J'avais remarqué que mon interlocuteur en était déstabilisé, même les tout-petits réagissaient en rangeant leur grosse voix dans leur poche. Dans mon esprit, cette forme de communication traduisait un geste de violence, de l'agressivité, un contrôle sur un plus faible ou une simple mauvaise habitude des plus déplaisantes. Daniel avait bien vu que je n'étais pas dans mon état normal, ce n'était pas moi cette façon de hausser le ton et il voulait poursuivre la discussion le lendemain. Il avait levé les mains à la manière d'un dieu puissant pour tenter de calmer le démon. Ce geste apparaissait par automatisme dans les circonstances où son autorité lui glissait sous les pieds. Mais là, il allait trop loin en voulant m'imposer ces vacances, à Wildwood, pensant que j'acquiescerais sans dire un mot.

Après son départ, je m'étais sentie étrangement paisible. J'avais élevé la voix, un premier coup de tonnerre. Pourtant, je ne ressentais pas de culpabilité, ni de remords, juste un grand calme et une pleine barque de satisfaction. Depuis des semaines, je préparais ce voyage, tout était arrangé : la réservation du chalet, la liste des bagages, quelques feuillets touristiques de la région et le trajet imprimé. J'en rêvais et rien ne changerait ce projet. J'avais laissé un simple mot sur la table de la cuisine, précisant que mon amie Mireille savait où me joindre en cas d'urgence.

Toute cette route, la tension avec mon fils, la décision de partir malgré ses objections bienveillantes, tout ça m'avait épuisée. Mais la fébrilité me gagne dès que j'aperçois l'immense toit vert d'un grand bâtiment entouré de plus petits, ma destination.

Une fois garée face à la réception de l'Auberge, je tourne la clé de contact et un grand silence m'enveloppe. En ouvrant la portière de la voiture, un bruit éclate comme un coup de tonnerre. Le bord de la mer m'aspire comme un aimant, une force surnaturelle me happe et j'avance près d'un sentier qui mène à la plage. Hypnotisée par tout ce bleu, je reste immobile à côté d'une balancelle. J'ai déjà vu l'immensité de la mer, mais jamais comme celle-là. Et cette clameur des vagues !

Cette destination en Gaspésie est une suggestion de mon amie Mireille. Elle me connaît bien. Je tombe sous le charme de l'endroit. Le vent est ailleurs et pourtant les vagues enflent et roulent avec fracas. Ce n'est pas une plage de sable, plutôt une grève remplie de cailloux. Ce grondement produit un tourbillon à l'intérieur de moi. On dirait un volcan qui s'éveille. Serait-ce l'effet du « caillloutement », cet éboulis incessant des roches que les vagues viennent brasser et font débouler ?

La gorge nouée, la poitrine serrée, les yeux embués, je ferme les paupières. Je vois un signe dans ce deuxième coup de tonnerre qui retentit dans ma vie : l'amorce d'un changement. Le rugissement de la mer et le cri des mouettes, voilà tout ce que j'entends. Mon cœur résonne et palpite à toute allure.

À la vitesse d'un éclair, des parcelles de mon existence défilent dans mon esprit comme un film en accéléré. J'aperçois une femme, j'essaie de la fuir, trop douce, trop calme, trop conciliante, trop conformiste. Je lui tourne le dos malgré sa main tendue. Des larmes coulent sur mes joues. Je crois que c'est celle qui s'est enfermée dans une existence confortable, mais dénuée de vitalité, comme confinée dans une boîte. Elle lance un appel à l'aide et je suis incapable de la secourir. Cette mer assourdissante provoque des vibrations en moi, comme un massage de l'âme qui brise les pelures de protection érigées par les règles du savoir-vivre et de la bonne éducation. Des tremblements me secouent, à cause des pleurs que j'essaie de réprimer de toutes mes forces. Que se passe-t-il donc ? Je me sens perdue. Tous les changements sont difficiles, même ceux pour lesquels on a opté en toute conscience. Au cours des derniers mois, j'avais fait le bilan d'une partie de ma vie, celle des quarante dernières années. J'ai alors réalisé à quel point j'avais marché dans l'ombre de Bernard, étourdie dans le tourbillon de la vie, c'était si simple de le laisser tout prendre en main.

Toutes ces pensées qui m'ont accompagnée dans la voiture depuis mon départ, je veux les abandonner derrière moi, comme on se défait du superflu. Rouler tous ces kilomètres m'a rendue heureuse. Cette autonomie retrouvée me rajeunit de dix ans, non, de vingt ans. J'ai du temps à reprendre, une nouvelle personne à connaître : moi, Élizabeth Lavigne.

Une brise légère balaie ma vie pendant que j'aspire à grandes goulées cet air saturé d'iode et de varech. Une image surgit, ou plutôt une nouvelle impression. Une prise de conscience qui me donne le pouvoir de saisir cette main tendue sans me laisser emporter dans les sables mouvants qui l'emprisonnent. Un calme serein m'habite tout à coup. J'ouvre les yeux, j'essuie mon visage et je souris à la mer.

Mon regard s'attarde sur le chalet à quelques pas de l'endroit où je me trouve. Un balai usé est appuyé contre le chambranle de la porte ; partant de la galerie, un escalier mène à la plage. Un bout de chaîne cassée et rouillée pendouille sur la rampe, je ne saurais dire pourquoi, mais cette image me suit jusqu'à la réception de l'Auberge.

À l'intérieur, tout est vieux, rien ne semble avoir bougé depuis des décennies. J'aime sur-le-champ. C'est comme plonger dans le passé pour mieux resurgir dans le présent. Je suis accueillie avec une extrême gentillesse, comme un membre de la famille ou une bonne amie dont on attendait la visite avec impatience.

— Bonjour, vous devez être Madame Lavigne.

— Oui, c'est bien moi.

— Voici votre clé, me dit l'employée quand je lui remets la fiche d'inscription. Votre chalet est le petit, juste en face de la réception. Si vous avez besoin de quoi que ce soit, n'hésitez pas.

— Merci. Même si je m'installe dans l'un de vos chalets, j'imagine que je prendrai sûrement certains repas ici, ça sent divinement bon et c'est très invitant.

— Vous ne le regretterez pas, on est fiers de notre chef. Il est en train de mitonner la bouillabaisse pour ce soir. Bon séjour !

Je n'ai pas l'impression de me trouver dans un lieu public, plutôt dans une maison remplie de bonheur. J'ai toujours pensé qu'une demeure qui embaume laisse transpirer une joie de vivre.

La clé serrée dans la main, je me dirige vers mon refuge des cinq prochains jours. J'occuperai le plus petit des quatre chalets qui bordent la mer. Une seule pièce ouverte avec une salle de bain exiguë. Le vieux bain sur pied est installé sur une plateforme, la fenêtre se dresse à son niveau. J'enlève mes chaussures et m'assois dans le fond pour avoir une idée du point de vue. Incroyable ! Je crois que je vais m'y prélasser de longs moments en imaginant que je me trouve sur une terrasse à noyer mon regard dans l'océan.

Je me sens toute légère et joyeuse en vidant mes bagages avec l'impression de prendre possession d'un premier logis, comme une jeune fille. Je réalise que c'est le cas. J'ai quitté la demeure de mes parents en prenant époux. Une maison choisie et acquise par Bernard quand nous avions fixé la date de notre mariage. Il voulait m'offrir une surprise, il est rare de pouvoir devenir propriétaire à la mi-vingtaine. Il a eu la chance d'avoir un parrain célibataire qui a payé ses études, alors mon mari avait engrangé ses revenus d'étudiant et fait de judicieux placements sur les conseils de son père. Bernard avait meublé cette maison en achetant tout au magasin de l'un de ses cousins. Une décoratrice avait installé les rideaux et suggéré quelques cadres et accessoires pour « habiller les murs ». Il était si fier de lui ! Pour ma part, j'étais heureuse, j'entrais dans ma maison. Pourtant, cette demeure dans laquelle j'habite depuis quarante ans, jamais je ne m'y suis vraiment sentie chez moi. Pas plus que je n'ai développé de sentiment d'appartenance au quartier. Après ma journée de travail, j'avais besoin de retrouver ma coquille, c'est sans doute pour cela que je n'ai jamais nourri de relations approfondies avec le voisinage. Un simple «Bonjour, comment ça va?» de politesse, sans plus. Ces dernières années, plusieurs maisons ont changé de propriétaire. Au fil des ans, nous avons repeint les murs, renouvelé les meubles et rajeuni le décor, mais Bernard s'adressait à des professionnels, cherchant à m'épargner les tracas de ces détails «sans importance». À l'époque, je tentais tant bien que mal de jongler avec ma tâche d'enseignement malgré l'arrivée de deux fils en trois ans, et cela, sans négliger l'entretien de la maison. J'appartiens à ce groupe de femmes qui, au milieu des années soixante-dix, ont pris la vie de front et essayé de tout concilier et de tout réussir: travail, famille, couple, vie sociale. Dans les générations précédentes, les mères à l'extérieur, c'était l'exception. Je faisais figure de pionnière pour ma famille. Prendre pied dans l'enseignement s'est avéré pour moi un coup de cœur. J'adorais les petits et ils me l'ont bien rendu. Prendre soin de ma maison, m'occuper de ce nid familial, c'était une grande source de joie parce que j'ai toujours pensé que c'était là que je puiserais mon équilibre et mon épanouissement. Alors, je m'y suis appliquée. Bien cuisiner, bien recevoir et vivre dans un intérieur impeccable de propreté. C'était mon leitmotiv. Quand les enfants sont arrivés, j'ai voulu continuer d'enseigner, alors que Bernard aurait souhaité que je me consacre uniquement à notre foyer. Mais le climat de camaraderie à l'école me plaisait, la valorisation naissante du nouveau rôle des femmes me gratifiait d'une certaine importance et puis, même s'il était très mince à côté de celui de mon mari, le salaire que je touchais me procurait le sentiment que je restais maître de ma vie. Alors j'ai décidé de tout mener de front. Au début, en homme moderne, Bernard a mis la main à la pâte. Cependant, il a vite cessé de lire les histoires de la routine du dodo, de ranger les jouets ou la cuisine après le souper pendant que je donnais le bain aux enfants. Des dossiers rapportés du bureau l'obligeaient à se retirer dans sa pièce aménagée au sous-sol.

J'étais si occupée que je n'ai pas pris le temps de penser, ni de réfléchir, ni de faire le point si ça n'entrait pas dans la « case » mère, épouse ou enseignante. En pleine période de gloire du féminisme, j'avais enfermé la femme que j'étais dans une boîte sans jamais, par la suite, prendre le temps de l'ouvrir. Quand les enfants ont grandi, j'ai retrouvé de nombreuses plages horaires libres. L'habitude, la banalisation de mon travail, l'attitude assurée de Bernard et sa façon de se charger de tout avec jovialité entraînaient un poids trop lourd sur le couvercle de cette boîte, je n'ai donc jamais réussi à la soulever. Avais-je seulement essayé ? C'est en trouvant ce papier de propriété d'un condominium en Floride que ça m'a causé un choc : ma vie m'avait échappé. Bernard avait fait cet achat important sans

m'en parler. « Comme mon opinion importe peu »,
m'étais-je dit. À ce moment-là, je n'arrivais pas à
identifier les mots à déposer sur mes sentiments… un
vide, le deuil d'une certaine absence de ma propre
vie, une certaine désolation, tout ça s'était installé,
imperceptiblement, au fil des ans. Comment cesser de
me montrer si accommodante ? « Tu as toujours fini
par endosser les idées de papa », m'avait dit Nicolas
quand je lui avais montré le papier de propriété de
ce condominium dont je me trouvais maintenant
la propriétaire depuis le décès de mon mari. Cette
phrase de mon plus jeune fils m'avait secouée et avait
torturé mon esprit durant des jours. Je réalisais à quel
point j'étais devenue conciliante, trop ! Je prenais
rarement position, ce qui donnait à Bernard toute
la latitude pour construire notre vie à sa façon.

C'est seulement après cette brutale prise de
conscience que j'ai trouvé la force de propulsion qui
m'a donné l'impulsion nécessaire pour me libérer
d'une prison qui étouffait mon âme. J'étais demeurée
sous l'emprise de mon génie de mari qui cherchait
seulement à me faciliter les choses. Quelles raisons
aurais-je eues de me plaindre ?

Depuis la découverte de ce document, j'étais déterminée à donner une plus grande place à cette femme
qui, jamais plus, ne se laisserait enfermer. Je souhaitais
qu'elle devienne plus vivante, plus consciente de sa
vie. Tout cet écrémage effectué dans la maison, ce
n'était que le début. Plusieurs mois après le décès
de Bernard, j'ai passé des semaines à nettoyer, à
donner et à jeter ce qui ne me servirait plus. Pas

seulement les effets de mon mari, mais aussi tout ce qui encombrait les armoires et les tiroirs, le sous-sol et la remise, et que je n'utilisais jamais. J'ai même donné la piscine hors terre à une jeune famille qui s'installait dans le quartier. J'épurais. Un lourd manteau qui me recouvrait s'effilochait pour faire place à un léger tulle. Disposer des avoirs d'un défunt oblige à réviser son existence. Les biens accumulés éveillent des souvenirs, rappellent une ancienne habitude ou un trait de caractère. Contrairement à ce que j'avais entendu, cette étape ne s'est pas révélée comme une épreuve ni comme un moment difficile à traverser. Cela me paraissait incompréhensible. J'accomplissais les gestes avec un brin de détachement. Cette tâche, une étape incontournable, avait levé un voile sur ce qui embrouillait mon champ de vision.

Maintenant, dans ce chalet d'une autre époque, je me sentais vraiment chez moi. Une vieille berçante, le tic tac d'une ancienne horloge, ma pile de bouquins, j'avais là l'essentiel pour me sentir bien.

🌊 🌊 🌊

Une fois mes bagages rangés, me voilà bien installée, l'envie me prend d'aller me promener sur la grève. Incroyable ! Je n'ai qu'à sortir par la porte-fenêtre de la galerie, un escalier m'y conduit directement. C'est comme si je possédais mon propre bout de plage.

L'heure du souper approche et des odeurs de barbecue proviennent du chalet voisin; des enfants jouent avec un frisbee sur la grève; une dame aux cheveux argentés marche allègrement sur la plage et m'envoie un salut accompagné d'un radieux sourire quand nos pas se croisent. Sandales aux mains, je laisse les vagues me masser les chevilles, c'est froid, mais pas frigorifique comme je l'aurais cru. Je passe devant ce qui ressemble à une plage publique, c'est complètement désert. Sur le promontoire, un camping et quelques cabines délabrées occupent une partie du terrain d'un vieil hôtel. Je poursuis mon exploration jusqu'au bout du muret de pieux qui borne cet espace public. J'emprunte un escalier qui mène à un banc de parc où je m'installe. Et là, je plonge à nouveau dans la contemplation de l'océan. Un ciel d'azur à peine parsemé de quelques nuages cotonneux sur une mer d'un bleu profond. Des cris d'oiseaux percent ce bruit de fond permanent, le rugissement du ressac qui provoque ce « cailloutement ». Je sais, ce mot n'existe pas, mais il me plaît et il décrit si bien l'effet des coups de vagues sur les galets.

Mon estomac me dicte de reprendre le chemin du retour. J'ignore l'heure, ma montre gît au fond de mon sac à main et l'horaire de mes journées s'accordera à celui de mes envies.

Comme je sors la clé de ma poche en empruntant l'escalier de mon chalet, un homme descend le sentier juste à côté et me salue gentiment. Une tête ébouriffée par le vent, une barbe grisonnante bien taillée et un imperceptible sourire accrochent mon regard. Je n'arrive pas à voir le sien derrière ses petites lunettes rondes. Sans doute un client de l'Auberge. J'aime cette galanterie d'une simple salutation, un geste de courtoisie devenu trop rare. Et deux fois plutôt qu'une au cours d'une même promenade, dommage que les gens n'aient plus l'habitude de saluer des inconnus. Avant de franchir la porte-fenêtre de mon chalet, je me surprends à observer sa démarche sur la plage.

Le soleil commence à rejoindre la ligne d'horizon, c'est l'heure favorite des maringouins, ce qui m'oblige à manger à l'intérieur. Apprêter les légumes pour une salade de poulet avec des restes rapportés du frigo de la maison devient un acte contemplatif devant cette fenêtre du coin cuisinette, la vue y est grandiose! J'ai emporté quatre livres dans mes bagages, uniquement des romans. J'en prends un au hasard et je m'y plonge tout en avalant mon repas.

Avec délice, je retrouve ce plaisir de la lecture, celui qui permet de voguer dans un monde étranger, à des lieues du sien, de rencontrer des personnages et de passer un moment avec eux. Oh! j'ai toujours lu. Des ouvrages de psychologie ou sur les troubles d'apprentissage, des traités sur le développement de l'enfant ou les façons de maximiser leur potentiel, des livres de bricolage, des contes ou de la littérature jeunesse. Uniquement des sujets reliés à mon rôle de mère ou d'enseignante, par besoin de rester à l'avant-garde, de parfaire mes connaissances ou d'approfondir cet univers où je me sens tellement à ma place. J'en avais oublié qu'une femme en moi adorait la poésie, les romans d'époque et les polars. Je me régalais de cette histoire autant que de la mousse au chocolat achetée dans une pâtisserie de Kamouraska en partant ce matin. Désormais, je m'appliquerai à assouvir tous ces petits plaisirs qui comblent les sens. Le jour décline et lorsque la pénombre envahit la pièce, je dépose mon livre pour aller faire couler un bain. La lueur de la grosse bougie qui montait la garde sur le rebord de la fenêtre de la salle de bain est le seul éclairage que je souhaite pour terminer cette journée.

Chapitre 2

Thomas

Enfin me voilà arrivé ! Cette longue route que je parcours depuis des années devient un trait d'union entre mon quotidien et cette période de répit, le moyen de passer de l'habituel au ressourcement. Aujourd'hui, je suis resté aveugle au panorama qui défilait, et ce n'est qu'en entrant dans le parc national Forillon que je m'en suis rendu compte : je n'avais rien vu du fabuleux paysage qui serpente le long de l'estuaire du Saint-Laurent, entre fleuve et montagnes, à mon sens, le plus beau trajet du Québec.

Mon corps était en route, mais mon esprit avait oublié de suivre. Mon existence est si vide ! Heureusement, il y a ces évasions en Gaspésie. Une suggestion de ma voisine Julie qui connaît ce coin de paradis. Cet endroit me rappelle l'insouciance de mon enfance et les vacances au bord de la mer. Là-bas, j'en arrive à oublier comment un cruel accident a fait chavirer notre vie, la lourdeur des responsabilités et surtout, le trou noir qui se dresse devant moi quand je devrai fermer la porte de l'université, dans moins de cinq ans. Oui, j'arrive à tout oublier quand je quitte la maison pour me rendre au Coin du Banc, et aussi quand je joue de la musique.

Ça fait plus de douze ans que tout est réglé au quart de tour : les périodes où j'enseigne, les vacances, les rencontres de famille et ces escapades en Gaspésie où je peux m'évader. Mais depuis six mois, tout fout le camp. La machine si bien huilée montre des signes de faiblesse.

Cette année, j'ai failli annuler mon séjour. Toute l'organisation mise en place depuis des années se disloquait. D'abord Julie, l'ange bienveillant qui s'occupe de ma femme Michelle, s'est cassé une jambe en tombant d'un escabeau. Peu avant l'accident, elle était devenue notre voisine suite à un récent divorce, et elle vivait seule. En revenant du travail, elle arrêtait parfois à la maison pour prendre des nouvelles et jaser avec Michelle. Elle avait senti ma détresse, elle est devenue ma bouée de sauvetage. Puis, la sœur de Michelle, qui a l'habitude de passer une partie de ses vacances avec elle, avait cet été l'occasion d'effectuer un voyage en Europe. Et pas question que ma fille Cynthia qui vient d'avoir des jumeaux assume la charge à la place de Julie. C'est d'ailleurs notre fille qui a trouvé la perle pour assurer le relais. Son amie Caroline possède la même passion qu'elle pour son travail de psychoéducatrice. J'avoue que je suis soulagé que Cynthia n'ait pas mentionné que son frère pourrait garantir la continuité. Elle est trop consciente et, surtout, trop respectueuse des sentiments d'Alex. Mon fils n'a jamais pu apprivoiser les séquelles que l'accident a laissées, une douleur jamais cicatrisée a creusé un fossé de malaises. Il a construit sa vie d'adulte dans l'effervescence du travail et des voyages. Je ne lui en veux pas, mais sa présence me manque souvent.

Ce qui m'a plu avec Caroline, c'est qu'elle ne s'adresse pas à Michelle comme à une enfant. Je n'ai pas eu à lui expliquer en long et en large la routine et les habitudes de ma femme. Elle m'a simplement observé alors que je lui assignais une petite tâche dans la cuisine, lorsque je lui donnais les consignes durant les repas ou quand je devais rappeler à mon épouse de se brosser les dents. Elle m'a juste demandé de lui parler de la Michelle d'avant l'accident.

— Vous comprenez, Monsieur Blackburn, j'ai besoin de la connaître parce que c'est cette personne-là que je veux sentir devant moi. Par respect, par dignité. Pour le quotidien, ne vous inquiétez pas, c'est une seconde nature pour moi de diriger des adultes qui ont besoin de supervision, sans les infantiliser. Quand je la regarde, quand je m'adresse à elle, je veux voir la pharmacienne, la sportive, la maman qui tressait si joliment les cheveux de Cynthia.

Michelle l'a aimée tout de suite, ça m'a rassuré et j'ai pu partir en Gaspésie l'esprit tranquille.

Dès que je mets pied à terre, une voix familière m'accueille en me ramenant au présent.

— Eh ! si c'é pas Monsieur Thomas. Bien l'bonjour et j'vous souhaite un ben agréable séjour. Un p'tit coup de main pour vos bagages ?

— Non merci, Harvey. Content de vous voir. Votre Marie-Matie est toujours à votre service ?

Marie-Matie est la compagne des journées d'Harvey, son embarcation.

— Cré oui, cé la plus fidèle. J'dois partir, mais pt'être ben qu'on aura l'occasion d'une jasette quand j'viendrai faire mes prochaines livraisons.

— Certainement ! Harvey, vous savez comme j'aime vos histoires et votre sagesse, et comme j'apprécie les moments en votre compagnie. Faites-vous vos livraisons en fin d'après-midi maintenant ?

— Non, non ! C'é juste que j'me rends à Barachois et que j'me suis permis des p'tites salutations en passant.

— Je vois !

— Vous jouez toujours d'la musique à L'Anse-à-Beaufils ?

— Toujours, trois soirs par semaine durant mon séjour, comme d'habitude.

— J'passerai vous écouter un d'ces soirs. Bonne fin de journée.

— À vous aussi, Harvey.

Au fil des années, Harvey est devenu le camarade d'un déjeuner à une ou deux reprises durant mon séjour. Il doit avoir à peu près mon âge, fin cinquantaine, mais le soleil et le vent du large ont tanné sa peau et creusé des rigoles sur son visage. Ses yeux se teintent des bleus du ciel ou de la mer au gré de la météo. Je ne l'ai jamais vu sans sa casquette et je me suis déjà demandé s'il dormait avec sa calotte à cause de ses cheveux blancs et indisciplinés encerclant sa tête d'un halo à la façon des montagnes qui accrochent les nuages.

J'ai connu Harvey il y a huit ans, à mon premier séjour ici. À ce moment-là, son parfum m'avait incommodé. Des effluves de poisson, d'iode et de varech l'imprégnaient. Il traînait en permanence cette odeur de mer, mais avec le temps, j'ai appris à aimer cette odeur, celle des gens de la mer.

Harvey est cousin au deuxième degré de la famille McIntosh, les propriétaires de l'Auberge. Il leur vend directement le poisson et les fruits de mer qui se retrouvent au menu. Il gare sa vieille camionnette à côté de la porte moustiquaire qui ouvre sur la cuisine et range lui-même les glacières de styromousse dans l'immense chambre froide. Celles de sa visite précédente attendent vides, près de l'entrée, pour retourner dans la boîte du camion. Trois fois par semaine, il répète ce rituel. Immanquablement, après ses livraisons, sa tâche terminée, Harvey s'attable dans un coin de la salle à manger.

La première fois que je l'ai rencontré, nous étions seuls dans la petite salle du fond. D'un geste, il m'avait invité à prendre place en face de lui. Mathilde, celle que j'ai surnommée « la fée des déjeuners » nous a apporté un plat copieux garni d'œufs brouillés, de bacon, de saucisse, d'une crêpe ou d'une gaufre surmontée de petits fruits de la saison. Le pêcheur a versé lui-même une mare de sirop d'érable qui a inondé son assiette. Outre ses contacts avec les pêcheurs et la famille qui gérait l'Auberge, Harvey était connu pour rester bien à l'abri dans sa coquille. Cette fois-là, je me sentais désemparé, impuissant et perdu. Plus tard, j'ai réalisé ma chance de m'être laissé prendre dans le filet de ce vieux loup de mer solitaire.

— Vous avez l'air d'une baleine égarée.

Il m'avait atteint avec la précision d'un lancer léger dont l'hameçon m'avait accroché le cœur. Il m'avait autorisé à gouverner la conversation. C'est là que j'avais parlé du naufrage de mon existence. Huit ans après l'accident, je racontais comment notre vie avait basculé à un parfait inconnu.

Michelle et moi avions passé la soirée dans une galerie pour le vernissage des sculptures d'un collègue de travail. Nous nous étions donné rendez-vous directement à l'exposition, sans bifurquer par la maison. Michelle me suivait sur la route au retour à la maison, et du rétroviseur, je l'escortais des yeux. Aux arrêts, elle faisait clignoter ses phares comme un clin d'œil qu'elle m'envoyait. Je me souviens des lumières de la ville qui s'éloignaient, de la voix de Jacques Languirand à la radio, de la fine pluie qui venait de cesser. Puis cette voiture que j'ai croisée et qui roulait à toute vitesse… Les mots restent pris dans ma gorge, jugulés par l'émotion.

— C'te voiture-là a embouti celle qui vous suivait, celle de vot' femme ?

— J'avais freiné si brusquement que pendant plusieurs jours, la ceinture de sécurité a laissé des marques sur ma poitrine et dans mon cou.

— Et dans vot' cœur, les marques, ça, c'est effacé ?

J'ai été incapable de lui répondre, mais je crois qu'il a vu la réponse dans mon regard.

— En sortant de l'auto, j'ai couru comme un fou en hurlant le nom de Michelle. Des gens se sont arrêtés, j'ai entendu que les secours avaient été appelés, quelqu'un a crié qu'il y avait un risque d'explosion. J'étais complètement paniqué. Comment ai-je pu extirper Michelle du tas de ferraille ?

— Ça, cé la force d'la peur, d'la panique, un mystère.

Harvey avait raison, ça demeurait un mystère. Il écoutait sans me quitter des yeux quand je lui racontais les bruits assourdissants qui emplissaient la nuit, celui des sirènes du véhicule des pompiers, ceux des policiers et des ambulanciers.

Quand les brancardiers se sont approchés, je tenais la tête de Michelle dans mes bras et mes larmes se mélangeaient au sang qui maculait son visage. Une dame a déposé une couverture sur son corps meurtri pour tenter de la réchauffer, ou par pudeur, pour la protéger des regards curieux. J'étais assis près d'elle dans un état frôlant la catatonie. Quand les portes de l'ambulance se sont refermées, un clac! a retenti dans ma tête, le même claquement que ce bruit infernal d'un film que j'avais vu plus tôt dans la semaine : *Alcatraz.*

Mathilde est passée ramasser les assiettes et remplir les tasses de café. Harvey a mis trois sucres dans le sien, a pris une gorgée puis, il a à nouveau vrillé son regard dans le mien, un regard où je lisais la compassion, une invitation à poursuivre.

— Pendant des mois, j'ai vécu dans le brouillard. Mes parents et ceux de Michelle se sont relayés pour s'occuper de Cynthia et d'Alex, encore des enfants. Je passais des journées entières à l'hôpital. Graduellement, les bleus ont disparu, les plaies ont guéri, les os se sont ressoudés, mais le choc de son cerveau dans la boîte crânienne et la longue période de coma avaient causé de sévères dommages.

— Y a duré longtemps le coma?

— Presque trois semaines. Je massais souvent ses jambes et ses bras en lui parlant, je récitais des poèmes et lui faisais entendre ses airs préférés. Elle aimait beaucoup la musique et la poésie. À ce moment-là, j'avais tellement d'espoir. Mais... quand elle s'est réveillée de ce coma, un sentiment d'impuissance indescriptible s'est abattu sur moi, et cette tristesse me pourchasse encore aujourd'hui. C'est bien plus tard que j'ai réalisé cette lourdeur dans mon âme.

— Elle a pas réussi à guérir, hein?

— Pas tout à fait. J'étais présent la première fois qu'on l'a mise debout. La réadaptation commençait. Elle avait l'air tellement fragile entre le physiothérapeute et l'ergothérapeute qui la soutenaient. Ce jour-là, elle n'a même pas avancé d'un pas, il fallait juste l'habituer à maintenir la position verticale quelques minutes. On avait dû raser sa belle chevelure pour drainer le sang répandu dans sa tête et recoudre des coupures. Michelle a toujours été une femme svelte, elle était maintenant décharnée. Ses cheveux ont repoussé en contournant la boursouflure d'une large cicatrice. Où était donc MA Michelle? Où était cette femme enjouée qui ensoleillait mes journées?

Ce premier déjeuner avec Harvey fut un échange rempli de regards, de phrases hachurées par l'émotion, de gestes de la tête et de sourires réconfortants de la part de ce pêcheur. Malgré les apparences, je me trouvais plusieurs points communs avec cet homme. Une brisure qui nous enferme dans une vie de solitude, une rigoureuse routine qui marque le quotidien, la passion d'un travail qui permet de rester à flot. Mais contrairement à moi, une certaine sérénité rayonnait dans ses yeux et sourire lui était facile.

Je me demandais pourquoi il m'avait dit que le chant des baleines les aidait à retrouver leur clan. Cette phrase m'a longtemps trotté dans l'esprit. L'automne suivant, je mangeais avec un collègue enseignant, et la musique devint le centre de la conversation. Chant, musique, les mots dansaient dans ma tête et les propos de Harvey me revenaient. Je crois que c'est cette phrase du vieux pêcheur qui m'a fait céder à la requête de Bruno : reprendre mes instruments pour jouer avec lui et William, des camarades du cégep. J'ai ressorti ma guitare classique et dépoussiéré ma trompette et mon saxophone, notre *band* de jeunesse a repris vie. Je n'ai pas vraiment rebondi, mais notre groupe a freiné ma descente dans cette morosité morbide qui m'envahissait depuis que j'avais dû remiser tous mes espoirs de retrouver la Michelle dont j'étais tombé amoureux.

Harvey savait écouter, mais l'homme demeurait aussi hermétique qu'une huître. Au cours de mon troisième séjour, j'en ai découvert un peu plus sur lui. Je n'ai pas été surpris d'apprendre que, jadis, Mathilde avait été sa fiancée. Leurs mères étaient cousines. À cause de ce lien de parenté, une dispense du diocèse était nécessaire pour qu'ils puissent vivre leur amour au grand jour. L'évêque avait refusé cette requête. Alors, Harvey avait pris la mer comme on prend une épouse. Mathilde s'était mariée quatre ans plus tard pour se retrouver veuve presque aussitôt. Harvey y avait vu là un signe et il avait recommencé à courtiser sa dame. Pendant des années, cette cour s'était déroulée à sens unique. Après avoir lu la lettre de l'évêque, jamais plus il n'avait remis les pieds dans une église, même pour des funérailles. Il se contentait d'une visite au salon funéraire et allait rejoindre les proches au cimetière pour l'étape finale. Pour lui, dans l'amour vrai, il n'y a pas de place pour le péché. Mathilde subissait la pression de ses parents, et si leur union ne devait jamais recevoir la bénédiction de Dieu, elle devait y renoncer. Cependant, même platonique, cet amour ne mourut jamais. Devenu le pêcheur qui approvisionnait l'Auberge où sa belle travaillait, Harvey a continué de nourrir sa flamme. La dame arrivait au bout de la quarantaine quand sa mère est décédée. L'Église avait perdu de son panache et de sa rigidité, les scrupules de Mathilde avaient fondu à mesure que s'étaient écoulées les années. Toutefois, ses sentiments pour Harvey étaient restés vivants, sans compter que la patience de l'homme, sa fidélité et le respect de ses valeurs à elle avaient fait grandir l'admiration de la dame. Si Harvey et Mathilde n'avaient plus l'âge de fonder une famille, il n'était pas trop tard pour s'aimer ouvertement.

Durant la haute saison, Mathilde logeait dans une minuscule chambre du grenier de l'Auberge, alors que Harvey s'endormait en se laissant bercer dans sa Marie-Matie. L'automne venu, ils reprenaient possession de la petite maison construite par Harvey, située juste à l'entrée du parc national Forillon. Ils l'appelaient «la maison des jours heureux» puisque, l'été, elle était louée à des vacanciers. Une fois les touristes partis, leur vieil amour y fleurissait sereinement.

J'aimais beaucoup Harvey, homme sage et mystérieux. Il m'avait enseigné que la vie nous réserve souvent des surprises dans le tournant.

J'ai retrouvé avec plaisir ma chambre habituelle, l'une des meilleures de l'Auberge. Douillette et sobre, elle était dotée d'une salle de bain privée, d'une table de travail tenant lieu de chevet près du lit de fer et, ce que j'appréciais par-dessus tout, un fauteuil de lecture confortable installé à côté de l'œil-de-bœuf qui donnait sur la mer. Je reprenais possession de mon territoire des prochains jours, accrochant mes vêtements, empilant livres et magazines sur le large rebord de la fenêtre et déposant dans un panier la provision de fruits que Camille, une fidèle employée qui jouait le rôle informel de gérante du personnel, me montait. Puis, je suis resté un long moment debout près de la fenêtre en laissant le rideau me chatouiller le visage. J'avais un besoin infini d'entendre le bruit des vagues, de humer l'air salin et de me perdre dans cette immensité. Ce lieu était magique. S'ajoutaient à cela la cuisine de l'établissement, réconfortante comme celle de ma grand-mère, la sollicitude bienveillante du personnel, le même depuis que je fréquente l'endroit, leur attitude respectueuse devant mes parenthèses de solitude tout en donnant l'impression de me compter comme un membre de la famille. Année après année, cette atmosphère contribuait à panser mon désarroi pour les trois semaines à venir.

Alors que j'étais posté devant la fenêtre, plutôt que de me perdre dans le paysage comme d'habitude, mes yeux se sont attardés sur une silhouette immobile près de la balancelle. Je ne parvenais pas à décrocher mon regard de cette femme, de ses cheveux de la blondeur du foin de mer qui poussait à ses pieds et étaient balayés par la brise. L'immensité de la mer semblait produire sur elle le même effet magique que celui qui m'imprégnait dès mon arrivée, un attrait inexplicable, qui parfois, crée une sorte d'hypnose faisant oublier la souffrance que l'on porte.

Soudain, j'ai ressenti une envie irrésistible de la connaître. Des coups frappés à la porte ont brisé le charme. La dame du service aux chambres m'apportait des serviettes supplémentaires. Quand je suis revenu à mon poste d'observation, la silhouette avait disparu. Avais-je rêvé? Le hasard a voulu que je la croise à nouveau plus tard dans la journée. Ce n'est qu'après avoir salué cette vacancière, par simple automatisme, que j'ai réalisé qu'il s'agissait de la silhouette aperçue à mon arrivée. Pourquoi ce constat a-t-il causé un battement accéléré dans ma poitrine?

CHAPITRE 3

Élizabeth

Le lendemain de mon arrivée, le bruit de la foudre m'a tirée du sommeil au petit matin, je suis restée un moment dans le brouillard. Le tonnerre a retenti à nouveau, me réveillant tout à fait. Puis, le souvenir de l'endroit où je me trouvais m'est revenu. Je me suis enfoncée dans les oreillers moelleux et j'ai averti la météo qu'elle pouvait maugréer tant qu'elle voulait parce que je me trouvais à l'abri dans cette bulle de bien-être. Il y avait si longtemps que je ne m'étais pas sentie ainsi ! Ce troisième coup de tonnerre résonnait dans mon existence en autant de jours. Un premier coup avait grondé quand j'avais élevé la voix pour m'affirmer face à mon fils, le deuxième, à mon arrivée, lorsque j'avais entendu le rugissement des vagues qui résonnait au point de faire vibrer quelque chose en moi, comme une fêlure qui ébranle tout. Des coups symboliques, mais qui m'avaient tout de même sonnée. La vie m'envoyait un message. «Réveille-toi, ma vieille! Le tonnerre, c'est la fureur des dieux.» Comme si une voix m'encourageait à prendre la route de l'indépendance, comme si un ange me le chuchotait à l'oreille. Le ciel était parcouru de zébrures qui éclairaient l'intérieur du chalet. Cette masse de nuages noirs freinait la clarté du jour naissant. L'écho des grondements diminua progressivement. Incapable de retrouver le sommeil, j'ai posé les pieds au sol et me suis approchée de la porte-fenêtre laissée ouverte. L'avant-toit tenait la pluie à l'écart. Les nuages s'éloignaient, cet orage cesserait bientôt. J'ai démarré la cafetière, un acte essentiel pour amorcer la journée.

L'amoncellement cotonneux a fini par rejoindre la ligne d'horizon et s'y confondre. Comme dans ma vie, tout avait fusionné sans laisser de place à la couleur de mon âme. Je ne m'étais jamais arrêtée à observer la météo de toute mon existence. J'avais appris à cultiver soigneusement mes amitiés: à biner et à ameublir la terre avec les outils solides de l'entregent et de la transparence; à semer l'harmonie par la gentillesse et la bonne humeur; à amender le sol avec un compost de petites attentions et de gratitude exprimée; à sarcler pour exclure les mauvaises herbes du négativisme, du potinage et de toutes les attitudes toxiques pour arriver à cueillir un magnifique bouquet de complicités, d'admiration réciproque et pour savourer le simple plaisir de la présence d'une amie chère. Mon réseau est restreint, mais il est construit avec des liens solides, sincères et surtout, il est sans prix. Ces amitiés comptent certainement parmi mes plus grandes richesses. Ce noble sentiment dans ma vie me procure une force incroyable. Mais qu'en est-il dans les autres aspects de mon existence ? En rabattant la courtepointe sur le lit, ce geste, maintes fois répété, me ramène vers mes fils alors que je les aidais à accomplir rapidement cette même routine avant de partir pour l'école avec eux. Je voulais qu'ils apprennent très jeunes à se débrouiller, à devenir des êtres responsables. J'estime avoir réussi ma « *job* » de mère, ayant toujours agi en pensant que le travail des parents consistait à rendre leur progéniture autonome. Mes fils ont reçu les outils d'une éducation et d'une instruction pour paver eux-mêmes leur propre chemin. Leur destinée leur appartenait. Ils vivent en couple, ils ont maintenant des enfants, ils sont responsables de leur bonheur. Mon métier d'enseignante m'a comblée, j'y ai mis beaucoup d'énergie. Sans doute trop. Un peu comme Bernard se noyait dans le travail. Je crois que ça m'a empêchée de voir les autres volets de l'existence. J'ai appris à me contenter de vieilles habitudes qui procurent une impression de bien-être en me disant que je nageais dans des eaux calmes. Je pensais être heureuse puisque la chicane, les soucis financiers, la maladie et les états de dépendance se tenaient loin de ma famille. Les enfants ont traversé l'adolescence sans crises majeures. J'ai eu droit à des vacances annuelles pour l'évasion, à une maison passablement cossue et confortable et à quelques amis, ou plutôt, quelques relations qui ont enrichi notre vie sociale. Une vie parfaite en somme ! Je suis restée prise dans le piège des apparences. Je ne me suis jamais rendu compte que ma condition ressemblait drôlement à celle de l'oiseau dans sa magnifique cage. Une phrase cliché que j'avais maintes fois entendue, mais qui ne s'appliquait aucunement à ma situation. Quel leurre !

Je réfléchissais à ma météo personnelle. À l'avenir, j'envisagerai les nuages qui se pointeront à l'occasion comme étant simplement de passage ; ils finiront par s'en aller. Je les verrai plutôt comme une nécessité : rafraîchir avec l'ombrage qu'ils apportent ou nourrir par la pluie qu'ils déversent. Pour le moment, le soleil tente de percer dans le ciel gris. Le café a fini d'infuser. Une agréable journée m'attend, remplie de longues plages de lecture, tandis que je suis installée sur la grève. Le dîner se résumera à quelques fruits, des noix et une belle tartine de pain de ménage recouverte d'une épaisse couche de pâté de campagne ; je mange seulement pour combler mon estomac. Pour le moment, je replonge dans la lecture commencée hier, je laisse le café me réchauffer l'intérieur et le soleil qui réussit à percer les nuages m'envelopper d'un grand bien-être jusqu'à ce que la charmante salutation d'un marcheur dégoulinant me tire de cette torpeur. Le pauvre, il a dû être surpris par l'orage.

En fin d'après-midi, je me prépare à aller rejoindre ma belle-sœur Alice. Elle fait régulièrement des séjours en Gaspésie et je l'avais informée que j'y viendrais pour la première fois après avoir fait mes réservations. Nous avions prévu souper ensemble dans la salle à manger de l'hôtel où elle est descendue à Percé. Elle est davantage une amie qu'un membre de la famille. C'est une femme pétillante et indépendante que j'ai toujours admirée. Les quinze ans qui nous séparent s'évaporent dès qu'on se retrouve. Et elle connaît bien son frère, mon mari. J'ai le sentiment qu'elle a su déceler, avant moi, bien des aspects de ma vie que je ne voyais pas.

— Premières vacances en solo, ma chère Élizabeth, lance-t-elle, dès que notre commande est passée. Comment apprivoises-tu la solitude ?

— Tu ne peux pas savoir à quel point j'apprécie cette compagne en ce moment. Elle calme mon esprit embrouillé et m'aide à réfléchir. J'en ai besoin. J'ai eu peur de déraper pendant un moment. Je suis tellement bien ici. Et j'y suis depuis une journée seulement.

— Tu as fait faux bond à ton fils. Bravo ! me lance Alice, avec le sourire de quelqu'un qui vient de marquer un point.

— Pourquoi tu dis ça ?

— Vos traditionnelles vacances sur la côte Est américaine. Ton fils Daniel me fait tellement penser à mon père qui décidait de tout et pour tous. Ce trait de caractère est plus évident depuis que Bernard n'est plus là.

— C'est vrai que Daniel ressemble à son père.

— Non, plutôt à son grand-père. Bernard était un gentil organisateur. Il savait persuader obligeamment, rallier tout le monde à ses décisions. Daniel essaie de marcher dans ses traces, mais il impose, il est directif.

Les paroles d'Alice me laissent songeuse. Comme si elle levait un voile qui déformait ma perception des gens de mon entourage.

— Tu sais Alice, Bernard a été un bon mari. Il m'a beaucoup gâtée matériellement. Aurais-je été contaminée par son goût du luxe si je n'avais pas enseigné ? L'école n'est pas vraiment l'endroit pour les habits griffés, les hauts talons, les bijoux coûteux ou les maquillages élaborés. Je me serais sentie indécente ou provocatrice de me présenter au travail avec mon vison sur le dos. Avec mes petits, je préférais des vêtements confortables, pour l'aisance afin de m'asseoir par terre avec eux pour lire une histoire, pour éviter le drame des taches de gouache sur mon chandail. Et la poussière de la craie qui asséchait les mains ne m'a jamais dérangée. Sans compter qu'au fil des années, notre maison s'est transformée au goût du jour, les tiroirs de cuisine se sont remplis de gadgets, les étagères de jouets débordaient et toute literie élimée était évacuée des armoires.

— Offrir le mieux, le plus beau ! dit Alice de manière un peu théâtrale, voilà la façon qu'avait mon frère pour exprimer son amour. Je me trompe ?

— Oh ! Non ! Mais le vison que je porte uniquement pour la messe de minuit, les bijoux au fond du coffret et tous ces accessoires inutilisés à cause de leur emploi trop complexe, tout ça a alourdi mon existence.

Le serveur arrive avec la bouteille de chablis commandée, Alice le goûte cérémonieusement avant d'approuver d'un signe de tête.

— Tu sais, poursuit Alice, pour lui, ce qui était différent de sa pensée lui paraissait inconcevable.

— C'est vrai. Par contre, il n'y a jamais eu d'altercation majeure entre nous au sujet des valeurs à transmettre aux enfants. Il n'y a jamais eu de limites au porte-monnaie pour permettre aux garçons de suivre des cours parascolaires, de fréquenter les camps de vacances ou pour leur acheter l'équipement électronique le plus d'avant-garde. J'ai eu carte blanche quand il a fallu établir des règles ou appliquer une conséquence, «les enfants, c'est ta spécialité, t'es la meilleure», me disait-il.

— Mais d'après ce que j'ai vu, il a été un père plutôt absent dans l'éducation de vos fils et peu présent dans le quotidien. Il ne critiquait jamais, mais il n'offrait pas beaucoup de soutien.

— Tu as raison. Il était si engagé socialement. Bernard était un homme d'entregent, sociable, avenant, énergique avec un don d'organisateur au-dessus de la moyenne. Il savait prévoir et planifier les vacances, les rencontres avec les amis les fins de semaine, les sorties au restaurant, les billets pour un concert ou notre participation aux nombreux soupers-bénéfice dans lesquels il s'engageait. Un homme dévoué socialement et admiré. Pour lui, cette visibilité servait ses affaires.

— Et aussi son amour-propre.

— Cependant, j'aurais préféré qu'il tienne compte de mes désirs pour d'autres types de vacances, qu'il sollicite mon avis, qu'il m'épargne quelques-unes de ces fameuses soirées où je me suis toujours sentie en terre étrangère. Une année, j'avais manqué un souper de la Chambre de commerce à cause d'une migraine carabinée. Pendant la semaine qui a suivi, il a tellement parlé de mon absence à ce souper que je me suis sentie coupable de ne pas y être allée… Gentiment mais fermement et avec subtilité, il savait écarter, effacer ou minimiser mes attentes, mes idées ou mon opinion.

— Oh, il avait un grand talent de diplomate. Mais ne perds pas de vue que diplomatie et manipulation sont proches parentes et souvent confondues. En agissant ainsi, il ne t'autorisait pas à t'exprimer ouvertement, même si c'était fait de façon inconsciente de sa part.

— Sans doute ! J'ai quand même eu toute l'auto-nomie voulue pour mener l'organisation domestique à ma façon. La liberté de poursuivre mon travail après la naissance des enfants, même s'il souhaitait que mon rôle de mère emplisse toute notre vie. J'ai disposé de mes revenus comme je l'entendais. Nos fils ont grandi et j'ai récupéré des parcelles de temps. Il n'a jamais manifesté d'objections quand j'ai réduit graduellement la pelouse pour la transformer en larges plates-bandes fleuries afin d'expérimenter mes apprentissages à la Société d'horticulture. J'ai pu participer librement aux voyages organisés pour visiter des jardins, je suis même allée aux États-Unis, en Ontario et au Nouveau-Brunswick avec le groupe et…, sans lui. D'ailleurs, tu savais que c'est lors de l'une de ces excursions que j'ai rencontré Mireille, ma meilleure amie.

— Oui, tu m'as déjà parlé de cette amie. Pourtant, j'ai entendu Bernard, et plus d'une fois, banaliser ton métier peu payant. Il le considérait comme une prolongation du rôle de mère. Pour lui, le jardinage, c'était un simple amusement servant à remplir les loisirs, un peu comme la broderie à l'époque victorienne.

— Alice, tu ne m'as jamais parlé de ton frère ainsi. J'avais l'impression que tu adulais ce jeune frère. Tu écoutais ses propos avec tant d'attention.

— Chère Élizabeth, je ne voulais pas faire de l'ombre au bonheur qui semblait habiter ta vie. Aduler est un bien grand mot. Je respectais l'homme d'affaires qu'il était, mais il n'en demeure pas moins qu'il était un homme de son époque. L'éducation que nous avons reçue a jeté les bases idéales pour façonner de bons « machos ». Garçon ! Auriez-vous l'amabilité de dire au chef que ce saumon est tout simplement savoureux !

— Merci, Madame, je n'y manquerai pas, a-t-il dit en versant du vin dans nos coupes.

J'ai attendu le départ de notre serveur pour continuer.

— Alice, tu as raison, avec le recul, je constate que j'avais laissé le champ libre à Bernard, il écoutait mes « doléances », mais n'entendait pas ce que mon cœur disait. Malgré toutes ses qualités, je crois qu'il n'a jamais apprivoisé l'attention à l'autre. Écouter nécessite une disponibilité de soi, un regard diligent vers son vis-à-vis et… du temps. Bernard en manquait constamment. Pourtant, tout le monde dispose de la même horloge dans le cours d'une vie. Le sien a toujours été plus précieux que celui de quiconque. Donc, plus important.

— Plus important, et plus précieux. Bon ! Assez parlé de Bernard. Que projettes-tu durant ton séjour en Gaspésie ?

Notre repas s'est terminé sur une note joyeuse. Alice repartait le lendemain et m'a fait quelques suggestions de bonnes tables de la région.

J'ai toujours eu tendance à excuser les autres, à donner une chance au coureur. Parfois ça devient une perche lancée. Alice m'a fait voir que quand on lance une perche, justement, il vaut mieux avoir les pieds ancrés bien solides au sol, sinon on risque de se faire engloutir. Que serait-il arrivé si Alice et moi avions eu cette conversation bien des années plus tôt ? Si nous avions créé des occasions de nous voir simplement entre belles-sœurs, entre femmes ?

Cette question m'accompagne jusqu'à l'Auberge où je fais un saut à la réception avant d'entrer dans mon chalet refuge. La table de l'Auberge faisait partie des suggestions d'Alice et les effluves qui se dégageaient de la cuisine à mon arrivée en faisaient foi.

La tête sur l'oreiller, je repensais à cette soirée. La perception d'Alice sur Bernard m'avait surprise au premier abord, mais ses propos avaient levé un voile sur des aspects dont je connaissais l'existence… sans les voir réellement.

CHAPITRE 4

Thomas

Peu importe la température, depuis que je fréquente ce coin, au bout de la Gaspésie, je n'ai
jamais manqué ma promenade matinale sur
cette grève. Marcher jusqu'à la petite rivière qui se
déverse dans la mer. Quand la marée libère le rivage,
je pousse un kilomètre plus loin. Il m'est arrivé
d'observer de magnifiques levers de soleil. Je ne cesse
de m'émerveiller devant toutes ces couleurs qui jouent
sur la ligne d'horizon dans un mouvement de valse,
passant des nuances du corail au rose, du lavande au
lilas, de l'oranger au saumoné ; ces marbrures qui
dansent pour célébrer la nouvelle journée demeurent
un éternel enchantement. Au fil de ces promenades,
je n'ai jamais rencontré âme qui vive. À cette heure
où les oiseaux sont les plus bavards, la plupart des
humains nagent encore dans les vapeurs du sommeil.

Cette balade matinale est devenue une forme de méditation. Vider mon esprit et contempler ce qu'il y a autour de moi. Aujourd'hui, l'orage m'a surpris et l'air est si chargé d'humidité qu'elle enveloppe la pointe de la falaise dans un voile opaque. Là, tout au bout, cette montagne a donné naissance à une légende à cause de sa silhouette qui se profile en tête d'Indien. Ce cap est magnifique avec ses flancs de roc rouge cuivré comme celle de la peau des autochtones. Chaque matin, mes pieds avancent parmi les milliers de galets tout en nuances de gris, de noir ou de blanc. Certains sont ornés de fines lignes ou de zébrures. Des petites roches très colorées se faufilent à travers de gros cailloux. La vague qui vient les lécher leur donne la brillance d'un joyau : malachite, bronzite ou pierre de soleil. Les rivages de la région sont riches en agates. Il m'arrive de glisser dans ma poche l'une de ces jolies roches.

L'été dernier, l'océan avait déposé un énorme tronc près de la rivière. Je m'y assoyais parfois et j'y restais de longs moments, perdu dans la contemplation. Comme si j'attendais que l'immensité élargisse les horizons de mon univers ou que les vagues me murmurent des paroles réconfortantes. Cet endroit si calme m'est devenu vital au fil des années. Sans cette parenthèse, qui sait si je n'aurais pas sombré dans un puits sombre et profond ?

Par contre, jamais je n'avais essuyé un orage de cette violence. Est-ce que le ciel gronde après moi ? Cet été, je n'ai pas l'esprit aussi tranquille que je le souhaiterais. D'habitude, j'arrive à faire une coupure entre la maison et l'Auberge. C'est ce qui me permet de me régénérer. J'espère que tout se passe bien pour la jeune amie de ma fille qui tient le phare, et pour Michelle. Changer sa routine et ses habitudes, c'est si difficile pour elle. Cet orage ce matin... la nature rattrape mes pensées.

Un pied de vent dans le ciel laisse présager une belle journée avec quelques légères bourrasques. La pluie a cessé et je suis tout trempé. J'aperçois le toit vert de l'Auberge. J'ai la chair de poule en dépit du soleil qui se dévoile et chasse le mauvais temps. Vivement une douche bien chaude. J'aime affronter les intempéries et l'inconfort de l'effort, pour ensuite glisser dans la douceur. Ce matin, les crêpes de Mathilde me réchaufferont vraiment l'intérieur. J'espère que mes espadrilles imbibées ne feront pas trop de « *floche* » sur le vieux plancher déjà craquant du corridor. Cette vieille auberge n'est pas très isolée et je ne voudrais pas déranger le sommeil des autres clients, il est à peine huit heures.

J'accélère l'allure pour les cinq cents derniers mètres. Une forme se profile sur la galerie du plus petit des chalets. Mes pensées se tournent vers cette silhouette aperçue hier. Pourquoi ce tableau me revient-il comme un boomerang? Plus j'approche, plus l'image devient concrète. Elle n'est pas seulement dans mon esprit, elle se trouve là, la Silhouette, en pyjama, installée dans la chaise Adirondack. Je la reconnais à la couleur de ses cheveux. Elle est si concentrée dans sa lecture que je traverse comme un fantôme le sentier en bordure du bâtiment. C'est plus fort que moi, je lance haut et fort pour couvrir la clameur des vagues :

— Bonjour !

Un regard ahuri me fixe, un timide sourire se dessine, finalement, un écho me répond :

— Bonjour !

Je porte la main à la visière de ma casquette en guise de salutation pour me rendre compte à quel point elle est complètement détrempée par l'orage qui m'a surpris pendant ma promenade matinale.

Finalement, à la fin de l'avant-midi, le temps s'est totalement dégagé et je prends la direction de Percé. Je laisse filer mon kayak sur la mer en terminant mon triangle habituel : départ de la plage, trou du rocher, crochet près du débarcadère de l'Île Bonaventure et retour à côté du quai de Percé. Derrière moi, les fous de Bassan bombardent les vagues de leurs plongeons, il y a sûrement des bancs de poissons dans mon sillage. J'espère que le calme de l'océan se propagera jusqu'à la maison. Sans doute n'ai-je aucune raison de m'inquiéter... Serait-ce à cause de cette culpabilité qui se pointe parce que je me permets de partir loin de mon quotidien ? C'est la première fois en huit ans que je ressens une telle lourdeur et je n'arrive pas à garder mon esprit ici. Combien de temps pourrai-je demeurer en surface et poursuivre ma vie, notre vie, à Michelle et moi ?

Le traversier revient de l'île et je me laisse ballotter par les vagues qu'il provoque. Pendant quelques secondes, la houle me balance, je m'abandonne dans des bras invisibles. C'est agréable ! Jamais je n'aurais pensé, à cinquante-huit ans, qu'un besoin de réconfort deviendrait si fort. La tendresse a quitté mon existence. À part le bercement de ce roulis, l'affection enveloppante de ma fille Cynthia quand elle me saute au cou et mes câlins aux jumeaux sont les seuls moments qui réchauffent un peu mon cœur. Ma fille est une maman extraordinaire, comme l'était sa mère. Et Alex, quel genre de père ferait-il ? Quel modèle lui ai-je donné ? Mon fils mise beaucoup sur le travail et il m'arrive de me demander si ce n'est pas là une fuite. L'horaire chargé est une excuse bien acceptée socialement pour écarter les moments en famille.

Les coups de pagaie éloignent un colvert qui, lui aussi, laisse la valse des vagues le remuer. Il se rapproche quand je soulève la rame.

— Eh ! l'ami, sais-tu qu'on se ressemble, toi et moi ? Au-dehors, tout est calme, mais ça pédale en s'il vous plaît dans l'invisible.

Pour toute réponse, le cri des mouettes se confond avec celui des moteurs du traversier qui se dirige vers la terre ferme. Je recommence à pagayer avec vigueur, je veux arriver avant la foule du traversier.

Le canard me suit un moment dans le sillon laissé par le kayak. Il disparaît pour plonger lorsque je tourne au bout du quai.

C'est la haute saison, la principale rue de Percé grouille de visiteurs. Des jeunes à l'allure hippie, des sportifs qui viennent au bout de la péninsule pour respirer les vapeurs salines avant ou après leur escalade dans les Chic-Chocs. Et des touristes, des vrais, endimanchés avec leur appareil photo accroché au cou. Pour plusieurs d'entre eux, quand ils ont aperçu le rocher Percé et l'Île Bonaventure, ils ont vu la Gaspésie.

Je n'entre jamais dans les boutiques. Trop bondées, trop cliché. Mais la petite épicerie demeure un incontournable, elle n'a pas de charme particulier, mais on y trouve de tout, les produits sont frais et il y a parfois des mets cuisinés qui ont l'air appétissants. Je réussis à me faufiler à travers la densité des clients. Quelques fruits frais, des noix et des barres tendres et me voilà dans la file qui s'allonge à l'unique caisse en fonction. Je perçois des signes d'impatience, probablement des citadins. Pourtant, rien ne presse. J'observe les gens, je lis les titres sur la couverture des magazines et voilà, c'est à mon tour de vider mon panier. J'offre mon plus beau sourire et toute la gentillesse dont je suis capable à la caissière pour tenter de lui faire oublier l'irritabilité de la cliente qui m'a précédé. Tellement impatiente que je l'entends souffler par les naseaux…

Quand je sors de cette ruche bourdonnante, Michelle occupe toujours mes pensées, une idée fixe qui me dérange parce que, d'habitude, j'arrive à décrocher lorsque je suis ici. Je n'aurais pas dû accepter de partir. Je sais que, même si Caroline s'en occupe très bien – je n'en doute pas –, Cynthia endosse cette responsabilité envers sa mère quand je ne suis pas là. Jamais je ne l'ai entendue faire des reproches à son frère parce qu'il se tient à l'écart.

— Attentiiionnn !

— Oh ! Toutes mes excuses. Attendez… je vais…

Quel signe le destin m'envoie-t-il ? Je me trouve face à face avec la Silhouette. Ma tête ailleurs a entraîné une collision juste au moment où je sortais du commerce. Le contenu de l'un de ses sacs est éparpillé au sol, en plein milieu du stationnement. De belles cerises rouges roulent sur l'asphalte, une tomate éclatée a éclaboussé ses sandales et le bas de son pantalon blanc. Avec ses verres fumés, impossible de décoder son regard. J'aurais pu percuter n'importe lequel des touristes de Percé. Mais non ! il a fallu que ce soit elle.

Pendant que je ramasse les aliments dispersés pour m'excuser, je constate qu'elle reste immobile. Un mal de dos qui l'empêche de s'accroupir, l'esclandre qu'elle tente de ravaler, la répartie qu'elle s'apprête à m'admonester pour ma maladresse ? Je me relève les bras chargés, je ne sais pas où déposer ces articles.

— Il y a des sacs dans mon coffre, dis-je, je vais en chercher.

Quel idiot je suis ! Comme j'ai les bras pleins, pour attraper mes clés je dois abandonner le tout sur la pelouse. En ouvrant le coffre, je réalise qu'elle m'a suivi, je tiens le sac bien ouvert pendant qu'elle m'aide à y glisser les provisions.

— Je me sens confus, j'avais la tête ailleurs.

— J'ai vu ça !

Sa voix est calme, posée, je ne décèle aucune colère.

— C'est ce qui arrive avec des sacs en plastique qui ne valent rien, reprend-elle. Mes sacs à provisions sont restés dans le coffre de mon auto.

— Vous êtes à vélo ! dis-je, ahuri.

— Non, non, répond-elle en riant de ma naïveté. Vous avez vu la côte juste avant d'arriver au village ? Je n'ai plus l'âge des exploits sportifs. J'ai une voiture de location pour les vacances.

Pour me reprendre, je l'accompagne pour porter ses paquets jusqu'à sa voiture et j'exprime ma désolation pour son pantalon taché.

— Le vôtre aussi, remarque-t-elle. Disons qu'on est quittes, merci de votre aide.

— Oh ! dis-je, en voyant les gouttelettes rouges sur fond beige. J'espère qu'en rinçant ça va partir.

Tentant de percer son regard à travers les lunettes, je rajoute au moment où elle ouvre sa portière :

— Merci de ne pas m'avoir assommé de bêtises à cause de ma maladresse.

— Frottez avec du savon de Marseille, ça devrait faire le travail. Bonne fin de journée et... prenez garde à vous.

Elle monte dans sa voiture et met le moteur en route. Figé, je l'observe reculer. Au passage, les pneus du véhicule éclaboussent les vestiges d'une tomate et de quelques cerises.

Un peu plus loin, une scène attire mon attention. J'entends des éclats de voix et j'aperçois une femme qui malmène un jeune garçon d'une dizaine d'années. Là encore, un emballage de plastique jonche le sol à travers des boîtes de conserve, des œufs dont certains n'ont pas résisté à la chute et un litre de lait éventé. Un gros monsieur tient un autre sac à la main et, furieux, il apostrophe la matrone.

— Ça donne rien de crier après le petit, le mal est fait. Vous avez juste à l'élever comme du monde.

Elle l'ignore et s'en prend toujours à l'enfant.

— Si t'écoutais aussi. J't'avais dit de pas courir dans l'stationnement. Pour ta punition, pas de crème glacée.

Tout en parlant, elle secoue le garçon comme pour dépoussiérer un tapis.

Une histoire me traverse la tête. Celle du patron qui s'en prend à son employé, celui-ci à son tour déverse sa frustration sur son fils et l'enfant malmène le chien. Facile de houspiller un plus faible, c'est exactement ce qui se passe sous mes yeux. Ils sont davantage préoccupés à crier et à chicaner qu'à nettoyer les dommages. Je saisis le sac qu'il me reste en me dirigeant vers eux, bien décidé à ignorer les adultes.

— Hé ! jeune homme, si tu m'aidais à ramasser ce qui peut être récupéré avant que des voitures ne causent plus de dégâts ? Occupe-toi des œufs, doucement, il y en a juste trois de brisés, ç'aurait pu être pire.

Accroupi avec l'enfant, je commence à rassembler des conserves de soupe, un paquet de bacon, du café, un pain, des biscuits et deux sacs de croustilles, tous intacts. Agile et visiblement soulagé d'être dégagé de la poigne de sa mère, le garçon est efficace. Volontairement, je ralentis pour lui permettre d'en accomplir le plus possible.

— Tu ferais un bon emballeur, lui dis-je quand nous nous relevons. Les cannages au fond, les articles fragiles sur le dessus.

Je tends le sac à l'homme en frottant amicalement la tête du marmot, puis je me dirige vers ma voiture. Une fois l'auto reculée, je passe le bras de vitesse en position avant quand j'aperçois sur la bordure de pelouse du stationnement… mes provisions. Je sors prestement de l'habitacle pour courir les récupérer lorsque j'entrevois le véhicule de la Silhouette. Elle attend toujours qu'un ralentissement de la circulation lui permette de reprendre la route. À son sourire et au signe de la main qu'elle me fait avec le pouce en l'air, j'en déduis qu'elle a été témoin de la scène. Je vois son clignotant qui indique la direction opposée à celle du Coin du Banc.

🌊 🌊 🌊

En fin d'après-midi, alors que je sors pour aller lire sur la galerie de l'Auberge, j'ai la main sur la poignée de la porte quand j'entends une voix qui m'interpelle.

— Bonjour, je suis contente de vous croiser à nouveau, voilà votre sac. Merci beaucoup.

— Pas de quoi. Je suis également ravi de vous avoir revue, malgré que j'aie préféré que ce soit dans une circonstance plus agréable. À propos, vous louez souvent une voiture pour vos vacances ?

— Oh ! C'est que je ne voulais pas faire toute cette route en VUS. J'aurais dû garder ma petite Honda plutôt que le gros véhicule de mon mari après son décès.

— Je suis désolé.

— Ça va. Ce n'est pas récent, il y a plus d'un an maintenant. La vie continue, non ? Vous aussi vous êtes seul ?

— Oui, je suis seul ici. Mais j'ai des amis dans le coin.

— Eh bien, bon séjour. Peut-être qu'on se recroisera. Merci encore pour le sac.

Elle se retourne sur ces dernières paroles. Je n'ai jamais eu le sens de la répartie. Ce n'est qu'une fois sa silhouette disparue dans le chalet que je sors des limbes. Seule… veuve. Quel est son nom ? D'où vient-elle ? Elle est ici pour combien de temps ? Cette femme produit un effet d'attraction sur moi.

Je ne suis pas libre et mon engagement relevait d'un sens aigu du devoir. J'ai toujours été plutôt réservé sur ma vie de couple, même avec mes proches. Je refusais d'éclabousser l'existence des autres avec la mienne, si triste. Une façon de tenir la pitié éloignée.

Michelle est ma femme, pour le meilleur et pour le pire, mais jamais je n'aurais pensé qu'on vivrait le pire de cette façon. Je suis son mari, quel sens donner à ce lien maintenant? Je suis désormais son tuteur parce qu'elle est évaluée «inapte», un autre terme que je hais. On n'est plus des amants, elle a cessé de réagir aux marques de tendresse et aux mots doux, le langage de l'amour lui est devenu étranger. Et ça me manque tellement! Ça laisse en moi un espace béant que je ne suis jamais arrivé à combler. Est-ce pour cela que cette femme remue quelque chose en moi? Je me secoue pour remonter à ma chambre tout en espérant une nouvelle rencontre.

🌊 🌊 🌊

Ce soir, l'Auberge affiche complet et toutes les tables de la salle à manger sont occupées. Camille travaille à l'accueil et je sens son malaise parce qu'un jeune couple est installé à ma place habituelle et prolonge indûment l'heure du digestif.

— Qu'ils prennent le temps pour savourer ce moment. J'attendrai dans le salon avec un livre et une bière, dis-je pour tenter de dissiper son trouble.

Incapable de me concentrer sur la lecture, je repense à cette journée, à cette femme avec qui j'aimerais bien partager ma table un autre soir. Sa présence ici me dérange. Pas qu'elle me contrarie, au contraire. Parce que, en plus des préoccupations qui me pourchassent, elle ébranle ce qui me reste de quiétude. Depuis que j'ai connu Michelle à l'université, jamais la pensée d'une femme n'a embrouillé mon esprit. Quand le bonheur habite une maison, on ne le cherche pas… jusqu'à ce qu'il parte. Mais toutes ces années, trop occupé, trop inquiet, je ne me suis jamais arrêté pour voir ce qu'il y avait autour de moi. Michelle n'est que l'ombre de la femme qu'elle a été, malgré cela elle a toujours conservé l'exclusivité de mes regards et de mes préoccupations. Y compris lors de ces deux épisodes d'égarement où je l'avais trompée, quand j'ai réalisé que l'accident m'avait aussi atteint dans ce que j'avais de plus profond. Même durant ces brèves aventures, l'une avec une étudiante adulte, l'autre avec la sœur d'un collègue. J'avais besoin de sentir que j'étais encore un homme, que mon âme à moi continuait de vibrer. Même si mon corps a réagi dans le plaisir, mon âme est restée tapie dans la pénombre. L'amertume et la culpabilité ont tellement pris de place que je n'ai jamais songé à récidiver. L'esprit volage, ça ne me ressemble pas.

Je pense que je peux vivre avec l'absence de sexe, mais la tendresse me manque, la complicité du cœur, les projets et les rêves à deux. Il y a longtemps que j'ai cessé de rêver. Le travail me permet de rester hors de l'abîme. Presque deux ans après l'accident, quand la réadaptation s'est terminée, j'ai réalisé qu'aucun miracle ne se produirait pour celle que j'aimais. Ce jour-là, toutes les lumières qui illuminent les rêves, l'espoir et l'enthousiasme se sont éteints. J'en ai tellement voulu à dieu. Je crois qu'il existe, mais il n'a plus la grandeur que je lui donnais et je lui ai retiré sa majuscule. J'aimerais tant voir à nouveau un peu de lueurs dans ma vie. Je ne peux envisager une vie sentimentale tant que Michelle sera là, mais une belle amitié, est-ce vraiment possible entre un homme et une femme ? Et maintenant, cette silhouette qui ne cesse de surgir dans mon champ de vision… c'est comme des flammèches qui tentent de remettre un peu de clarté dans ma vie.

J'essaie de me concentrer sur la lecture de mon roman policier. À peine ai-je lu deux pages que je crois reconnaître une voix venant de la réception. Sans réfléchir, sous l'œil inquisiteur d'un autre client qui sirote son apéritif dans le salon, je m'approche doucement de la porte pour tenter de saisir les propos de cette voix qui discute avec Camille. Puis, je réalise qu'elle fait une réservation pour souper à la salle à manger de l'Auberge… pour le lendemain.

— Zut !

C'est sorti tout haut malgré moi. J'ai l'impression de passer pour un dérangé dans le regard que me lance la compagne de l'autre client venu le rejoindre juste à ce moment-là. Dommage, demain je serai à Percé. Et moi qui souhaitais partager un repas avec elle.

Chapitre 5

Élizabeth

Aujourd'hui, le réveil se fait en douceur. Ma montre laissée sur la table de chevet indique 8 h 10. Pour moi, c'est la grasse matinée. Depuis la retraite, alors que je pourrais retarder à ma guise l'heure du lever, je peux compter sur les doigts d'une main ces matins de sommeil prolongés au cours d'une année. Mon corps s'est habitué aux réveils matinaux. Le soleil inonde la petite galerie.

Le café infusé, je me glisse à nouveau dans le lit avec ma tasse et un livre comme compagnons. Bien que je me sente bien reposée et que cet endroit m'enveloppe de douceur et de calme, il m'est impossible de me concentrer. Mes pensées vagabondent vers tout ce qui est derrière moi : les enfants, Bernard, la maison, ma carrière d'enseignante et toutes ces vacances où je me suis laissé diriger, me faisant éprouver un sentiment d'amertume. Tout ça s'entremêle avec le ravissement ressenti en entrant en collision avec ce touriste qui est client ici. Est-ce que Mireille se doutait que cet endroit soulèverait une tempête intérieure quand elle m'en a parlé ? Est-ce que le destin tente de me livrer un message ? J'ai besoin de réfléchir.

Marcher m'aide à ordonner les pensées dans ma tête et cette idée me tire du lit douillet. J'endosse une robe soleil, replace les couvertures et attrape un muffin et une barquette de fraises avant de franchir la porte moustiquaire. La plage est déserte. Je traîne les pieds dans les vagues qui se retirent en laissant des carapaces de crabes que les goélands nettoient. Le sourire de Bernard me poursuit. Il était toujours joyeux, de bonne humeur. C'est sans doute à cause de ce trait de personnalité que j'ai marché dans son sillage sans me poser de questions. Je ne résiste pas à l'enthousiasme et je constate que l'attitude positive de quelqu'un fait qu'il peut m'entraîner facilement dans ses projets. Je n'ai pas souvenir d'avoir été vraiment malheureuse. De son vivant, ma mère disait souvent que la vie m'avait tellement gâtée. Des compagnes de travail aussi me l'ont souligné à maintes reprises. Malgré cela, je me sens comme une coquille vide.

La tête dans les nuages, les yeux perdus sur la ligne d'horizon, je pose un pied sur la carapace d'un crabe… vide. Vide, le mot résonne dans le brouillard de mon esprit. Je m'installe dans le sable, prenant dans les mains cette coquille maintenant inhabitée. Assise en tailleur, même au début de la soixantaine, cette posture me vient naturellement. Dans cette attitude, je me suis toujours sentie dans mon élément, au niveau de tous ces enfants, les miens et ceux qui ont rempli ma vie. Je souris en pensant que cela horripilait parfois Bernard quand je m'assoyais ainsi au sol pour écouter un film. «Ce n'est pas une tenue de salon pour une dame», disait-il. Et même si cette position me plaisait, après ce commentaire, je m'installais dans le fauteuil. Quand avais-je cessé de me lover contre lui sur le canapé?

Les pattes du crabe ont dû être dévorées par les oiseaux, cette partie étant la meilleure. Je ramasse la carapace. Elle est légère et rose saumoné, un peu plus grande que ma main. Elle me ressemble, une apparence solide, mais à l'intérieur, c'est vide. Comme ma vie affective. Je constate que ce n'est pas l'effet du veuvage, ce sentiment remonte à beaucoup plus loin que ça. Et tout à coup, ce vide me fait mal au point que les larmes jaillissent sans que je puisse les contrôler. Je laisse aller ce débordement et je trouve un apaisement dans la mer qui clame sa force de toutes ses vagues.

Dans la jeune vingtaine, j'avais toujours savouré goulûment les rapprochements des corps avec mon mari. L'amour fou et la passion nous dévoraient. Bernard n'était pas homme de mots pour dire sa tendresse, il l'exprimait dans l'action de l'amour physique.

La trentaine nous a engourdis. L'habitude, la fatigue des nuits blanches, le tourbillon du quotidien avec de jeunes enfants, alors, les amants ont cédé la place aux parents pour se retrouver de moins en moins souvent. Ça s'est cristallisé dans la quarantaine, les rencontres des corps s'espaçaient d'un mois à l'autre. À un moment, je me suis mise à penser que c'était inhérent au mariage et dans l'ordre des choses, en quelque sorte, normal. Jamais je n'ai parlé de l'intimité de ma vie de couple avec qui que ce soit, pas même avec Bernard. J'ai appris à ne plus ressentir le désir, à m'en passer, à concentrer mon énergie sur les autres aspects de mon existence. La sensualité s'est endormie, les émois du corps ont presque disparu et les rares rencontres intimes qui ont parsemé le début de la cinquantaine produisaient le même effet sur moi qu'une mauvaise digestion. Ces contacts trop brefs et trop mécaniques servaient surtout à libérer une tension accumulée. Puis, Bernard a connu des malaises cardiaques, et cela, combiné à ma ménopause, la faible braise qui subsistait s'est complètement éteinte. Je ne crois pas que ce soit le manque de vie sexuelle qui provoque ce sentiment de vide, mais plutôt l'absence de gestes d'affection, de manifestation de tendresse et de mots doux. Être touchée, respirer la main chaude de mon homme sur mon corps, être serrée dans ses bras. Juste un peu de chaleur, sans autre but, seulement être bien l'un près de l'autre. Peut-être suis-je trop romantique, fleur bleue ? Malgré tout, peu importe son âge, une femme ressent toujours le besoin de se sentir femme. C'est ce que me crient les oiseaux en ce moment, c'est ce que me chuchote le vent. Est-ce la simple gentillesse d'un homme à mon endroit qui a provoqué ce grondement intérieur ? Bien sûr, la galanterie de certains collègues de Bernard me faisait sourire, j'appréciais l'amabilité du mécanicien qui réparait ma voiture, et la délicatesse de certains papas qui accompagnaient leur enfant pour me remettre un présent à Noël me touchait. C'est la femme en moi qui a été interpellée par l'attitude de cet homme, voilà pourquoi je me sens ébranlée.

J'ai une pensée soudaine pour Mireille qui a perdu dramatiquement son mari avant ses trente ans et ne l'a jamais remplacé. Elle a vécu sa vie de femme avec sérénité, sans jamais être en quête d'un compagnon. Aurais-je l'audace d'aborder une discussion sur les émois de l'amour avec elle ? Nous sommes du même âge, issues de cette génération où l'intimité était un sujet tabou, réservé au mieux à l'alcôve des amants. Aurais-je cette hardiesse de chercher à connaître comment des amies proches de moi traversent le désert des sentiments affectifs ?

Une urgence me pousse à transposer mes pensées et mes réflexions sur papier. Je rebrousse chemin, emportant la carapace qui deviendra un objet fétiche, un radar pour m'aider à faire le point. Il devient évident que ce séjour ici contribuera à baliser ma vie. Des nuages forment une ligne sur l'horizon, un frisson me parcourt l'échine. J'accélère le pas. J'ai envie d'une virée à Gaspé. Il doit bien s'y trouver une librairie ou une papeterie pour me procurer de quoi écrire.

🌊 🌊 🌊

Gaspé est nichée au fond d'une baie, bien à l'abri. De la terrasse du bistro Brise-Bise, mon regard se perd vers le bras de mer qui s'avance pour rencontrer la ville. L'eau, toujours présente, mais plus à l'étroit qu'au Coin du Banc. Pendant deux heures, j'ai arpenté les rues en touriste, m'attardant devant une vitrine ou sur un point de vue et heureuse de découvrir cette région de nature sauvage, presque intacte. Et je compte bien y revenir. J'ai trouvé de ravissants cahiers, des cartes postales illustrant des phares, un carnet à croquis, un ensemble de ces petits feutres de toutes les couleurs, un étui rempli de crayons et deux romans. J'ai le cœur d'une écolière au début de l'année scolaire. Je tiens à écrire à Mireille et comme je n'ai trouvé aucun papier à lettres, le libraire a accepté de me vendre à l'unité celui pour imprimante avec le dessin d'une légère esquisse de pas sur le sable.

Les cartes postales seront adressées à mes petits-enfants. Un simple mot de mes découvertes sur la plage, aucun indice sur ma destination. Ces photos de phares qui bordent certains endroits du golfe et du Saint-Laurent peuvent s'acheter n'importe où. J'ai déniché des images représentant ceux de l'Île Verte, celui de Pointe-des-Monts, de Pointe-à-la-Renommée et de La Martre.

Je termine ma tournée par un arrêt, le temps d'un dernier café, en rédigeant mes missives. Le Café des Artistes est un autre endroit de la ville où il est agréable de s'attarder. Je relis ma lettre à Mireille avant de l'insérer dans l'enveloppe et de prendre la direction du bureau de poste.

Ma chère Mireille,

Un besoin pressant de t'écrire. Une lettre manuscrite portée par le courrier est devenue archaïque, mais demeure plus personnelle et si charmante, comme l'est cet endroit.

Avant même de me présenter à la réception, avant de savoir lequel de ces chalets j'occuperais pour les prochains jours, je me suis avancée sur le bord de la petite falaise surplombant l'immensité. Premièrement, te dire que ce n'est pas le paysage qui a d'abord happé mon attention, mais le bruit, celui des vagues qui déferlent sur la grève. Eh bien, à cause de ce « cailloutement », quelque chose a cédé, réveillant de vieilles émotions tapies au fond de moi depuis je ne sais plus quand. J'ignore combien de temps je suis restée dans la balancelle où j'ai dû m'asseoir tellement je me sentais ébranlée, et j'ai dû me ressaisir avant de me présenter à la réception.

Ces vagues sont différentes de ce que j'avais entendu jusqu'à maintenant. Non, les vagues ont la même ondulation, modelée par la force du vent, l'effet d'attraction terrestre ou l'influence de la lune et celle des courants marins. Mais leur façon de lécher le rivage garni de cailloux les faisant débouler et remonter à chaque mouvement déclenche un son qui m'a chavirée.

Les yeux fermés, j'ai laissé ce « cailloutement » me pénétrer. J'ai eu le sentiment que cela provoquait un massage de mon âme. Tu m'avais déjà expliqué que les massages libèrent les tensions et dénouent les nœuds que notre corps a tissés au fil des ans, à force de « je devrais », de « il faudrait », rajoutant des épaisseurs à une coquille qui durcit sans qu'on s'en rende compte chaque fois qu'on ravale une émotion ou un non-dit.

Mon chalet est minuscule, mais si mignon ! Là, une belle surprise m'attendait, un voyage dans le temps. J'ai eu l'impression de me retrouver dans l'univers du film « Un été 42 ». Tu te rappelles ce film qu'on avait tant apprécié ? Toutes les deux, on aime la mer, toutes les deux, on est sensibles aux ambiances « bord de mer ». Mais ici, en ce lieu où les bâtiments semblent appartenir à une autre époque, j'en ai vraiment saisi toute la portée. Je me suis sentie projetée dans ce film qui raconte l'histoire d'un amour impossible. Dois-je y voir là un présage ? La fenestration est tellement abondante que, même à l'intérieur, je me sens dehors. Il n'y a qu'à ouvrir la porte arrière, celle qui donne sur la grève pour renforcer cette impression. Absolument rien de moderne. Une courtepointe cousue à la main, des rideaux de cotonnade, également de fabrication artisanale, comme les coussins. De vieux meubles repeints avec quelques coulisses, de l'ancienne vaisselle dépareillée, toutefois, il y a de jolies pièces. Tout est vieillot, mais propre et confortable.

Pourquoi est-ce que je te raconte tout ça ? Tu connais pourtant bien cet endroit ? Tu m'avais parlé de ton coup de cœur pour ce lieu. Pour moi, il a eu l'effet d'un coup de poing qui m'a mise chaos les deux premiers jours.

Comment dire ? C'est comme si je me réveillais d'un coma. Je me croyais une femme moderne parce que j'avais refusé d'être uniquement une mère au foyer comme l'aurait souhaité Bernard. J'appartiens à cette génération qui a voulu se libérer de la domesticité et qui a décidé de concilier les vies familiale et professionnelle, incluant l'équilibre dans le couple. Je sais, chère Mireille, que toi tu n'as pas eu ce choix. Tu as dû travailler pour gagner ta vie et celle de tes enfants. Toi-même, tu dis que tu ignores ce que tu aurais fait si tu avais eu d'autres options. Tu as déjà évoqué ton souhait d'aller étudier. Aujourd'hui, je me demande combien de vœux pieux en restent à ce stade pour bien des femmes.

Depuis deux jours, mon passé défile devant moi. Cette vie que je croyais «parfaite» parce que sans malheurs visibles, eh bien, elle est remplie d'imperfections. Pleine de compromis, d'espoirs avortés pour penser aux enfants, d'oublis de soi au nom du bien-être de la famille. Toutes ces aspirations noyées, cette dévalorisation de mon travail et tout ce que j'ai gardé sous silence par pudeur. Pour ne pas ternir l'image. Je t'ai déjà parlé de mon souhait d'étudier en histoire avant d'embrasser l'enseignement, mais ce que je n'ai pas dit, c'est que mon père trouvait que ça ne mènerait nulle part. Bernard m'a répété exactement la même chose quand je lui ai ouvert le tiroir de mes désirs, espérant retourner aux études après dix ans dans le milieu scolaire. Je crois que, inconsciemment, je lui ai fermé mon cœur à ce moment-là. Pour maintenir l'harmonie, éviter les jugements, les reproches et la banalisation de mes envies. Parce qu'il me faisait me sentir égoïste de nourrir des rêves, incompatibles avec le rôle de mère. Me taire, j'ai toujours cru que c'était préférable pour notre couple et notre famille. Maintenant, je crois plutôt que cela a provoqué une fermeture à moi-même. À force de nier, de jouer à l'autruche, on finit par ne plus ressentir ce qui nous touche vraiment.

Cette membrane qui m'enserrait depuis des années, elle vient de se fissurer et j'ai l'impression de me retrouver devant une inconnue. Désorientée, perplexe, mais déterminée à ne plus laisser personne décider pour moi.

L'attitude de mon aîné, le veuvage, et ce papier trouvé qui confirme que je suis propriétaire d'un condo en Floride, tout ça me déstabilise et fait naître une colère qui m'effraie parce que c'est un sentiment nouveau. Chère Mireille, je crois que la fine mouche que tu es a senti mon désarroi et je soupçonne que tu connaissais le pouvoir mystérieux de cet endroit en me le suggérant. Ce lieu est magique et ne peut faire autrement que de m'aider dans la profonde réflexion qui m'attend. Moi, surtout conformiste, j'ai envie de changements. Ou plutôt, j'ai BESOIN de changements. J'espère juste que je ne deviendrai pas une étrangère pour mes amies.

Cette renaissance que je souhaite amorcer, c'est une histoire à suivre. Merci de ta suggestion pour cette destination.

Amitié,

Élizabeth

P.-S. J'espère que Daniel n'est pas trop harcelant pour tenter de savoir où je me cache…

De retour au chalet, j'ai à peine le temps de me rafraîchir et de me faire belle pour respecter l'heure de la réservation à la salle à manger. Même si personne ne me tient compagnie, je veux me sentir au mieux de mon apparence. J'atterris dans un lieu où tout fait référence à la mer, le décor comme les odeurs.

— Bonsoir, Madame Lavigne, est-ce que votre séjour se déroule comme vous le souhaitez ? demande Camille en m'accompagnant à une table.

— Au-delà de mes espérances. La tranquillité me fait du bien et la grandeur des lieux ne cesse de m'émerveiller. Il y a quelque chose de magique ici, n'est-ce pas ?

— Possible, fait-elle dans un sourire teinté de fierté, en me tendant le menu. Je vous sers un apéritif ?

— Non merci, je prendrai simplement du vin en mangeant.

— Alors je vous laisse aux bons soins de notre personnel de la salle à manger. Bonne soirée !

Les employés sont attentionnés, souriants et d'un calme qui invite à ralentir. J'observe tous ces gens autour de moi. Je suis la seule sans compagnon. Dois-je croire que cet endroit est un nid pour les amoureux ? Non ! D'ailleurs, tous ces individus en couple ne sont pas nécessairement amoureux. Ma réflexion de ce matin en fait foi. Volontairement, je me suis installée pour faire face à la salle. Devant la fenêtre, j'aurais pu contempler ce champ fleuri où le vent fait valser les massifs d'épilobes sur fond bleu de mer et de ciel. Ce soir, je veux plutôt faire face à l'existence. Sciemment, mon intention est d'observer les couples de vacanciers. Toutes les tables sont occupées. Je me trouve aux premières loges d'une scène où se déroule la vie. Dès que je vois que la bouillabaisse figure au menu, mon choix est fait.

Au fond de la pièce, près de la porte qui donne accès au salon, des tourtereaux attirent mon attention. Visiblement, eux, ils sont amoureux. Peut-être en voyage de noces. Ils ne se quittent pas du regard, ni en parlant ni en portant la fourchette à leur bouche. Ils se mangent littéralement des yeux. Entre les services, leurs doigts s'entrelacent. La jeune femme éclate souvent de rire, se couvrant les lèvres d'une main. Comme des enfants fiers d'un bon coup ou ces femmes qui réagissent à des propos grivois en tentant de masquer une fausse gêne. À tour de rôle, chacun tend une bouchée du plat principal à son vis-à-vis. Ce geste m'est toujours apparu comme une belle complicité, un souci de partager avec l'autre une expérience gustative. J'adore ce genre d'intimité, quand, avec une amie, nous découvrons un nouveau restaurant.

Mes papilles se régalent de la délicieuse bisque de homard pendant que mes yeux se promènent de cette table à celle juste à côté. Quel contraste ! Voilà un couple de mon groupe d'âge pour qui le silence semble le plus grand sujet de conversation. De brefs échanges, sans aucun regard, sauf au moment de choisir le menu. De temps en temps, des mots s'échappent de la bouche de la femme, elle reçoit comme toute réponse un grognement, un simple signe de la tête ou... rien. Au moins, Bernard savait débattre et commenter l'actualité.

Derrière eux, un autre duo discute avec animation. Ils ont tant à se raconter que l'homme en oublie d'avaler avant de donner la répartie. Sa compagne a failli accrocher la serveuse avec sa fourchette en balayant l'espace de ses longs bras. Leurs propos sont teintés d'un grand sérieux, on dirait un dîner d'affaires. Ils me font penser à Daniel et à sa femme Béatrice ; ces deux-là, ils n'ont pas de temps à perdre pour se concentrer sur le moment présent. J'espère qu'ils savourent tout de même le repas, ça sent bon et c'est succulent. Même le pain est boulangé sur place, il est chaud, moelleux et le beurre coule dans les alvéoles. J'adore !

Un autre couple discute avec animation, mais le ton est différent. Comme en sourdine, phrases lancées à petites doses. Un mot, une pause, une ré-partie. Ils pourraient être père et fille, mais ce n'est certainement pas le cas, une bulle de sensualité les enveloppe. Sourires, gestes langoureux. J'ai l'im-pression qu'ils comptent peu d'années de vie com-mune. Peut-être des amants en escapade ?

Entre ces quatre tables et la mienne, une large porte mène à la plus grande section de la salle à manger. Je peux apercevoir deux groupes. L'endroit est plus animé. Trois couples discutent haut et fort, les femmes d'un bord, les hommes de l'autre. En les observant, je ne vois aucune interaction entre eux. En parallèle, une soirée de filles et une de gars. Pas vraiment une soirée en couples. Durant les vacances à Wildwood, l'ambiance de nos soupers au restaurant avec la belle-famille ou avec des amis était une copie conforme de ce groupe de joyeux lurons. Des repas agréables, certes, mais où je n'ai jamais retrouvé la complicité des moments passés avec mes amies à moi.

À la table voisine, il y a également une discussion enjouée. Je reconnais les deux couples qui partagent le chalet à côté du mien. La conversation se mène vraiment à quatre, des rires fusent, les regards sont francs. Je capte des clins d'œil de tendresse, de doux effleurements, une attitude qui renforce une qualité de présence à l'autre, un concentré d'écoute. J'aimerais être dans ce groupe, vivre leur complicité. Affection cordiale, connivence et immense plaisir à se retrouver autour de ce repas. Cette vision de ce qui m'apparaît un moment de bonheur me fait sourire.

Au même instant, un couple prend place juste à côté de moi. Le personnel se promène à travers la pièce avec calme et amabilité. Certains échangent avec les clients sur le déroulement de leur journée.

Ma voisine passe sa commande d'une voix glaciale, impérative. Ça ressemble à un ordre. Mâchoires serrées, dos bien droit, on dirait qu'une barre de fer lui traverse la colonne vertébrale. L'homme s'informe gentiment sur les particularités des mets servis, sur l'origine de l'Auberge dont une brève histoire apparaît au dos des menus. Son sourire est comme une seconde nature, son intérêt, sincère et la courtoisie est imprégnée dans chacun de ses gestes. Je ne peux m'empêcher de saisir quelques mots au vol, des mots secs fusent : *old fashioned*, démodé, *shabby*, minable. Quel couple désassorti ! Lui est envoûté par le charme des lieux, et elle, excédée par cette trop grande simplicité. Depuis combien de temps dure leur symphonie grinçante ?

J'ai terminé mon assiette depuis un moment, l'œil papillonnant d'une table à l'autre. Nulle part je n'aperçois ce client rencontré. Je suis venue pour le premier service. Est-il un habitué du second service ou se présente-t-il à l'une ou l'autre des tablées ? Une musique aux accents irlandais s'échappe du salon, des airs enjoués et rythmés qui s'accordent à mon humeur. Je baigne dans un grand bien-être quand la serveuse vient retirer mon assiette vide.

— Je peux vous offrir thé, café ou infusion. Pour le dessert, vous pouvez vous rendre dans la salle voisine et sélectionner vous-même ce qui vous fait envie.

— Café, s'il vous plaît, pas facile de faire un choix avec votre impressionnante variété de gourmandises.

Un vieux poêle à deux ponts est garni de tartes, gâteaux, poudings, carrés, fruits frais et en salade. Qu'est-ce que ma dent sucrée va choisir ? Mes voisins de chalet sont occupés à assembler un combo de ces gâteries.

Au fond de cette salle, j'aperçois les deux familles que j'ai croisées en revenant de Gaspé en fin d'après-midi. Trois enfants et deux papas qui entraient les bagages dans l'ancienne grange dont une partie est convertie en refuge pour vacanciers. Ils ont l'air de bien s'amuser. J'ai une pensée pour mes fils, mes petits-enfants. J'aimerais des escapades avec les miens à condition que chacun y trouve son compte, ce qui a rarement été le cas au cours de ces années où Bernard planifiait tout dans les moindres détails. Une place à l'improvisation est nécessaire pour suivre les élans du moment, surtout avec de jeunes enfants.

Mes pensées sont détournées vers trois membres du personnel dont l'un transporte un immense *cupcake* joliment décoré et éclaboussé par un feu de Bengale. La voix de plusieurs clients s'unit à celle du trio pour le chant d'anniversaire. Le gâteau est déposé devant une vieille dame toute souriante, les yeux brillants et les joues rosies d'émotion. J'ai le temps d'apercevoir le nombre « 90 » tracé sur le dessus. Les trois femmes qui l'accompagnent entament une salve d'applaudissements qui emporte tout le monde.

Je reprends ma place avec une assiette garnie d'un peu de tout.

L'observation de tous ces couples me ramène à celui que j'ai formé avec Bernard. Nous nous sommes aimés, mais la routine silencieuse nous a rattrapés et le romantisme n'est devenu qu'un mot du diction-naire. La vie de couple est la plus difficile à réussir, et j'entends par là, arriver à une vie satisfaisante pour les deux parties. Souvent prise pour acquise, on néglige d'en prendre soin. Puis, un jour, on se rend compte qu'elle ne nourrit plus. L'insatisfaction draine de l'énergie ou… nous engloutit, et c'est ce qui m'est arrivé.

Mes yeux parcourent la salle pour un dernier tour pendant que j'étire le café. À certaines tables, le deuxième service est commencé et je ne vois toujours pas cet homme arriver… ç'aurait pu être agréable de terminer ce repas en sa compagnie pendant qu'il prendrait un apéro. Un autre soir peut-être ? J'ai longtemps pensé que les vacances, les sorties, les moments en couple apportaient des parcelles

de bonheur dans l'existence et je le crois encore.
Cependant, une douce intimité, celle où le langage
est aussi celui des regards et d'une tendre gestuelle,
enrichit d'un rayonnement ces parcelles de bonheur.
Je me demande quel type d'interlocuteur il est.

CHAPITRE 6

Thomas

La journée s'annonce magnifique! Après le
déjeuner, je m'installe sur la grande galerie en
face de la mer pour un moment de lecture. Un
cerisier entouré d'un massif de framboisiers m'obstrue
quelque peu la vue du petit chalet. Cependant, je
peux apercevoir une ombre qui s'y déplace et qui
attire davantage mon attention que le personnage de
mon roman. Habituellement, mon esprit n'est pas si
dispersé. Je suis capable de beaucoup de concentration,
sans doute en raison d'une discipline bien intégrée
dans ma vie. Je ne sais plus si cette caractéristique
m'a toujours habité ou si elle s'est incrustée depuis
l'accident de Michelle. Par nécessité. Cynthia m'a déjà
dit que j'étais trop sage. Elle croit qu'un soupçon de
délinquance entraîne un peu d'instabilité, provoquant
du mouvement dans notre perception des événements.

Venant d'une psychoéducatrice, ses propos m'avaient surpris quand elle m'avait expliqué sa théorie.

— Juste un soupçon, papa, avait-elle ajouté devant mon regard interrogateur. C'est comme traverser un mur sur lequel il est écrit PRIVÉ pour en explorer l'autre côté. Juste ce qu'il faut pour ne pas tomber dans le conformisme. Ne pas se poser de questions, se conformer aveuglément à tout, c'est plus dangereux que de faire de légers écarts.

— Et toi, tu as déjà fait preuve d'un… soupçon de délinquance comme tu dis ?

— Quelquefois…

— Comme…

— Une fois à Montréal, j'ai enjambé la clôture au lieu de passer par le tourniquet pour accéder au métro.

— Hum, je vois !

— Des gens m'ont aperçue et ont dû penser que j'essayais de passer sans payer, donc ils ont vu une délinquante. Ce qu'ils n'ont pas vu, c'est que la machine avait avalé mon ticket sans ouvrir la barrière et qu'il n'y avait aucun employé dans la guérite.

— Pas trop délinquant, tout de même.

— Dans ma conscience, non. Mais aux yeux de certaines personnes, oui.

— Je comprends ce que tu veux dire. Arriver à faire fi des « normes » dans certaines situations sans se préoccuper de ce qu'il y a derrière les apparences.

Se laisser guider par sa conscience plutôt que de se soucier de ce que les gens vont dire ou penser.

Le sourire de Cynthia m'avait fait comprendre que j'avais bien saisi sa pensée. Tout de même pas trop délinquante. Pendant un instant, j'avais cru à une défaillance dans l'éducation qu'elle avait reçue.

Le rappel de cette conversation avec ma fille et cette silhouette qui me hante, est-ce le signe que je devrais baisser un peu la garde et me laisser atteindre par ce qu'il y a autour de moi ? Mon esprit vagabonde vers la maison. Comment se passent les choses ? Est-ce que la chimie circule toujours aussi bien entre Michelle et Caroline ? Est-ce que ma Cynthia trop responsable s'oblige à visiter sa mère plus fréquemment ? Avec les jumeaux qui sont encore des bébés, ses journées sont passablement remplies. Je n'ai pas eu de réponse au téléphone tout à l'heure, pourtant je sais qu'elle n'est pas à la maison les avant-midi. Je vais tenter de prendre des nouvelles par courriel pour apaiser mon esprit, peut-être profiterai-je mieux de ces vacances par la suite. Peut-être… C'est la première chose que je ferai en arrivant à Percé tout à l'heure.

Ça fait trois fois que je relis le même paragraphe quand le bruit d'une voiture qui démarre attire mon attention. Maintenant, il n'y a plus personne dans le petit chalet. Et si on se croisait à nouveau à Percé ? Je n'avais pas envisagé de m'y rendre si tôt aujourd'hui, mais les vacances ne servent-elles pas à bousculer les projets ? Maintenant, j'ai deux raisons de le faire, me brancher pour essayer de joindre Cynthia et… espérer une rencontre.

Les Allemands sont en Gaspésie. Je le sais avant d'avoir entendu un seul mot de cette langue. Leur gros autobus campeur rouge est garé près du quai de Percé. J'en déduis qu'il y aura foule sur l'artère principale de la ville et dans les commerces. Cela se confirme dès que j'entre dans mon habituel café Internet. J'attends un bon moment qu'une place se libère. Plusieurs personnes sont rivées à leur écran de portable et c'est ce qui rend l'endroit calme malgré l'affluence. Je reconnais les paroles de Ferré qui s'échappent d'une radio.

J'envoie un courriel à Cynthia, un à ma voisine Julie et un troisième à mon fils en randonnée dans les Rocheuses.

Julie répond presque aussitôt. Son message est des plus rassurants. Sa physiothérapie achève, elle a presque retrouvé ses jambes de «jeune fille», elle a délaissé la canne et pourra reprendre Michelle chez elle dès la prochaine rentrée scolaire. Elle a invité Caroline à utiliser sa piscine pour le plus grand plaisir de ma femme. Elle n'a que de bons mots pour la jeune gardienne à qui elle parle quotidiennement.

Pendant que je suis en train de lire la réponse de Julie, un message de Cynthia arrive à son tour.

Bonjour mon p'tit papa,

Tout roule à merveille. Maman se couche un peu fatiguée, mais il faut dire que Caroline lui fait faire plein de découvertes. Elles sont allées visiter un symposium de peinture, elles ont fait une virée dans le Vieux-Québec et hier, on est allées jouer aux quilles toutes les trois. Et puis, j'ai l'impression que Julie reprend un peu de service. Caro et maman passent de bons moments près de sa piscine. Je vais les rejoindre en fin d'après-midi avec les jumeaux. On a prévu un BBQ pendant que nos hommes iront au baseball.

Amuse-toi bien, toi aussi. Je t'aime, mon p'tit papa.

Bisous
Cynthia

Quelle chance d'être rassuré si vite ! Cynthia a dû sentir mon inquiétude. Depuis toutes ces années où je m'évade en Gaspésie, c'est la première fois qu'un besoin pressant d'aller aux nouvelles m'incite à prendre le pouls de ce qui se passe à la maison. Dieu merci, tout va bien ! Je relis les deux messages à plusieurs reprises avant de fermer mon ordinateur portable en espérant que mon cerveau se calmera. J'aurais aimé m'attarder pour plonger dans un bouquin en étirant le temps à boire un café. Avec ces gens qui attendent qu'une place se libère, ce serait un manque de civisme, on dirait qu'aujourd'hui tout le monde veut se brancher.

Je me réfugie finalement dans le parc près de la mer. Le seul banc où un arbre dépose son ombre est libre et je m'y installe. Je parviens à m'enfermer dans une bulle, enveloppé par le ressac des vagues et les joyeux cris d'enfants qui chahutent dans les jeux à l'autre bout du parc. Cette fois, mon esprit arrive à suivre à la trace ce criminel qui tente de déjouer un enquêteur. L'après-midi s'écoule sans que j'en prenne conscience.

— Si c'est pas mon ami Thomas ! Je t'aurais cherché que je ne t'aurais pas trouvé. Comment ça va, vieux ?

— Ça va. J'étais un peu en avance pour notre rendez-vous. Et toi, ça va ?

Bruno m'a tiré de ma lecture. Ce n'est qu'entre nous qu'on peut s'interpeller ainsi sans se froisser. En fait, le terme « vieux » fait davantage référence à notre longue amitié qu'à notre âge. Une amitié qui a pris naissance au cours de notre deuxième année de cégep, alors qu'avec William et Mario on formait un groupe de musiciens. C'était devenu notre emploi d'étudiants. C'était l'époque des orchestres et on s'amusait à imiter les Beatles, les Beach Boys et même les Classels. On jouait dans les gymnases d'école ou les salles communautaires de la région de Québec où nous habitions tous.

— William est avec toi ?

— Il est déjà à l'Usine en train de jouer du piano, ça plaît aux touristes qui flânent, et aujourd'hui, laisse-moi te dire que la terrasse est bondée. On peut faire une répétition de quatre à six et souper avant la soirée. On peut utiliser mon auto et je te ramène après.

— Ça me va, je veux juste passer à ma voiture pour prendre mes instruments. Des nouvelles de Mario ?

On avait fini par perdre Mario de vue. Je pense que c'est lui qui s'est fourvoyé dans l'alcool et a été ruiné par l'attrait du jeu. Il s'est retrouvé seul parce qu'aucune femme ne pouvait endurer ses frasques. Ça fait bien vingt-cinq ans qu'aucun de nous n'a reçu de ses nouvelles. Comme Bruno habite le même quartier que ses parents à Québec, je m'informe chaque fois qu'on se voit.

Bruno, William et moi avons toujours gardé le contact plus ou moins sporadiquement, même si nous habitons tous la région de Québec. Après l'accident de Michelle, William a proposé qu'on forme à nouveau un orchestre, histoire de renouer avec la musique et de resserrer nos liens. J'ai résisté, je n'avais pas la tête à la musique, mais ils ont eu raison. Depuis, une fois par mois, je les retrouve dans le garage de William pour jouer avec eux. J'aimerais y aller plus souvent, mais les fins de semaine sont consacrées à Michelle. Alors, entre nos pratiques, je joue seul pour garder la main. La musique m'a été salutaire. Les enfants et l'enseignement l'ont aussi été, mais le devoir me tenait, alors que la musique est devenue une vraie évasion, une bouée de sauvetage. J'ai ressorti ma guitare et ajouté un banjo et une basse à mes cordes. William avait toujours joué du piano, mais durant notre jeunesse, il l'avait délaissé pour la batterie, au grand dam de ses parents. Maintenant, il alterne entre ces deux instruments selon les pièces. Quant à Bruno, c'est un touche-à-tout. À l'époque, il jouait de la basse. Aujourd'hui, il possède une flûte traversière, un saxophone et une trompette avec une collection d'embouts. Au début, on se retrouvait chez William pour le simple plaisir de pratiquer. Graduellement, on a monté un répertoire mélangeant blues et jazz auquel on a ajouté quelques ballades françaises, puis du québécois. C'est ainsi qu'on en est venus à donner des représentations publiques. Mariages dans nos familles, parfois très élargies, dans des festivals de nos régions et, depuis quatre ans, ici en Gaspésie durant mon séjour. Bruno y possède un chalet depuis qu'il est marié avec une Gaspésienne, William y passe aussi ses vacances avec sa famille. C'est d'ailleurs pour cette raison qu'on mange ensemble ce soir en préparant notre liste de chansons pour les trois prochaines semaines.

La Vieille Usine est une ancienne fabrique de trans-formation de poisson. Depuis quelques années, outre le bistro où l'on sert une cuisine régionale toujours savoureuse, c'est aussi devenu un lieu témoin pour les arts.

— Tu sais que cette année on nous a proposé de jouer deux semaines de plus ? me dit Bruno. L'un des groupes de musiciens amateurs prévu au programme s'est désisté. On aurait sûrement rencontré Vincent Vallières qui sera en spectacle les fins de semaine de cette période. Je sais que, avec Michelle, ce n'est pas possible pour toi.

— Toi et William, vous auriez aimé ? Tu es un fan de cet artiste.

— Pas sans toi, vieux !

Nous avons fait la route presque en silence. Le stationnement de la Vieille Usine était presque rempli. En entrant, un flot de touristes descendait de l'étage.

— Il y a beaucoup d'activités nouvelles en haut, dit Bruno. Ma blonde s'est inscrite à l'un des ateliers de peinture.

— J'irai sans doute faire un tour, j'aime bien voir le travail des artistes.

— Tu loges toujours à l'Auberge ?

— Tu sais que je ne change pas facilement mes vieilles habitudes.

— Ça, je le sais. Ta vie avec Michelle t'y oblige. Mais en vacances, t'as pas envie d'un peu de souplesse ?

— Pour que le retour à la réalité soit plus difficile ? Non, je crois que c'est dans ma nature d'être comme ça.

Nous marchions en silence vers le fond de la salle pour y déposer nos instruments.

— Thomas, dit soudain Bruno. T'as pas l'air dans ton assiette ?

— Oh ! Tu sais, cette année j'ai failli ne pas venir. Cynthia a tout réorganisé, elle tenait à ce que je parte. Malgré ça, tout est si incertain. Je me demande si je pourrai traverser la prochaine année… Si tu savais, Bruno… Je me sens comme un arbre ravagé par un champignon parasite qui l'affaiblit.

— Allez, viens, fait-il en me prenant par l'épaule. On dit que la musique a un pouvoir de guérison.

— Ça dépend laquelle.

— La nôtre, oui.

Une fois de plus, je lui dis à quel point je lui suis redevable, de même qu'à William, d'avoir insisté pour que notre orchestre prenne vie. Quand on jouait tous les trois, le jeune homme que j'avais été, insouciant, rieur et emporté par le rythme, ressuscitait. Avec les années, on avait décidé d'éliminer certaines chansons nostalgiques et nos pièces fétiches à Michelle et moi.

Comme d'habitude, nous avons mangé dans un coin, à une table un peu en retrait de la scène. Nos instruments occupaient leur place et, pendant qu'on avalait une bière, on pouvait voir les feuilles et les partitions qui recouvraient le meuble. C'était notre première représentation de la saison, on a choisi les morceaux qui formeraient une trame qu'on modifierait quelque peu les autres semaines.

J'aimais l'ambiance de ce bistro. À l'Auberge, la quiétude et le calme m'apaisaient, la nourriture et le cadre familial me procuraient une immense impression de bien-être, c'était réconfortant. L'atmosphère de la Vieille Usine était plus animée, plus rythmée, plus jeune et m'apportait une dose « dynamisante » qui me redonnait un peu de ressort. Je crois que cette heureuse combinaison m'a aidé à poursuivre ma pénible route au cours de ces années. Toutefois, je commençais à craindre que mon énergie devienne plus difficile à renouveler, les années passent et je me sens usé. Comme à chaque fois, les moments passés avec William et Bruno sont remplis de bonne humeur, ponctués par les blagues de William. Malgré cela, mon esprit s'est mis à vagabonder.

— Tu as l'air bien distrait, Thomas, dit William, alors que je ne réagissais pas à l'une de ses histoires. Quelque chose te tracasse ?

— Tu penses à Michelle ? demande Bruno.

— En cet instant… pas vraiment.

Cette fois, je pensais à la Silhouette qui, en ce moment même, devait se trouver à la salle à manger de l'Auberge. J'essayais d'imaginer à quel endroit Camille l'avait installée. Peut-être lui avait-on offert ma table habituelle ? Mes amis sont restés silencieux pendant que le garçon versait le café dans les tasses. Il nous restait vingt minutes avant de commencer le spectacle. Alors je leur ai parlé de cette femme, une parfaite inconnue qui logeait, seule, dans l'un des chalets de l'Auberge et qui ne cessait de croiser mon chemin et d'occuper mes pensées.

— Que comptes-tu faire ? demande Bruno.

— Peut-être partager un moment avec elle, ou manger ensemble. Il me semble que ça me ferait du bien.

— Alors qu'est-ce que tu attends ? dit Bruno. Tu es tout à fait à l'opposé de quelqu'un d'impulsif. Si ces pensées te pourchassent, c'est qu'il est temps que tu lâches la bride, non ?

Mes amis connaissaient ma loyauté envers Michelle, mais malgré cela, je sentais qu'ils m'encourageaient à aller vers une direction que je m'étais toujours refusé de prendre.

Dans le bistro, toutes les places étaient occupées, de même que celles de la terrasse extérieure. J'ai vu un serveur aller porter les bouteilles d'eau près de nos instruments et nous sommes allés nous installer. Les notes de la gamme ont alors rempli l'espace et ma tête. Mes doigts couraient sur les cordes et j'ai senti mon cœur s'alléger. Les gens présents appréciaient notre musique, l'ambiance était à la fois calme et électrisante. Au Café-Bistro, les clients étaient en général un très bon public.

Quand William a entonné la dernière pièce de la soirée, notre troisième rappel, des voix de la salle ont fait écho à la sienne. Une douce euphorie m'habitait, ce que je n'avais pas ressenti depuis une éternité. Au moment où j'ai entamé le refrain de *Nature Boy* avec Bruno, la Silhouette est apparue dans mon esprit, souriante, imprégnée de notre musique et dansant à son rythme. Une bouffée de bonheur s'est engouffrée en moi et j'ai répondu au sourire de ce mirage.

CHAPITRE 7

Élizabeth

L a météo s'annonce parfaite pour flâner sur la plage. Plein soleil, douce brise, chaleur exquise, une journée de début juillet idéale. Je suis installée sur une chaise longue et mon chapeau à large bord projette de l'ombre sur la page de mon bouquin. Je me sens au paradis. Tout est si calme ! Je crois bien que cet endroit demeure un trésor précieusement sauvegardé, car il est si peu fréquenté. C'est sans doute ce qui procure cet effet enchanteur qui apaise mon âme. L'avenir que je souhaite se profile plus clairement, je peux mieux envisager de quoi il sera rempli. Du moins, ce que je ne veux plus est beaucoup plus précis. Hier soir, en sirotant un thé, j'ai commencé à prendre des notes avec l'intention de me construire une charte, comme un code de vie qui tourne autour de mes aspirations, de mes valeurs, de mes rêves. Si je vois lucidement la route devant moi, ce sera plus facile d'éviter les écueils, de contourner le mauvais temps ou de ne pas emprunter à l'aveuglette une direction qui serait nuisible. Je suis assez fière de cette décision. Si je ne mets pas moi-même ces balises, d'autres risquent de s'en occuper à ma place. Au fond, c'est ce qui s'était produit avec Bernard et que mon fils tente de reproduire. C'est le modèle qui lui a été donné. Maintenant, je suis bien déterminée à être responsable du bout de vie qui m'attend.

La lecture du roman que je viens de commencer me garde captive. Des chapitres brefs, sautant d'une scène à l'autre et laissant le lecteur sur son appétit. Le genre de bouquin qui tient éveillé la nuit, qui vous saisit comme un aimant tellement il captive. Un naufrage vient de survenir. Avant que l'histoire ne dévoile qui seront les survivants, je décide de prolonger le suspense et dépose ma curiosité avec le livre pour aller patauger dans la mer et me rafraîchir, sinon je vais rôtir au soleil. C'est froid, mais pas glacial. Après quelques minutes de l'effet du massage des vagues sur les mollets, je finis par me jeter à l'eau au complet et je nage quelques brassées pour me délier les muscles et me réchauffer. Je croyais que ç'aurait été plus difficile de me baigner dans ces eaux tumultueuses, mais je finis par prendre le rythme en oubliant tout.

En sortant de l'eau, je regagne ma place, tout essoufflée. Comme ça fait du bien ! Je me sens énergique, vivante. Je m'allonge sur une couverture, le temps de retrouver une respiration régulière et de laisser le soleil m'assécher un peu.

Un bruit m'éveille de la torpeur, j'ai dû m'assoupir. Est-ce possible, une sieste en milieu de matinée ? Je balaie rapidement ce nuage de culpabilité, après tout, je suis en vacances et levée presque à l'heure du soleil. En ouvrant l'œil, j'aperçois une forme rouge à quelques mètres.

Je m'assois pour mieux examiner cet objet rouge, c'est un kayak. De l'autre côté de l'embarcation, une silhouette se tourne dans ma direction, le soleil cause un effet de contre-jour qui m'empêche de bien voir le visage.

— Bonjour, belle journée pour profiter de la mer, n'est-ce pas ? dit une voix masculine.

La clameur des vagues est telle que j'ai à peine entendu cette voix. De loin, j'aperçois mon reflet dans ses verres fumés. Je me secoue pour m'éveiller tout à fait, car maintenant, je le reconnais. C'est cet homme que je ne cesse de croiser. Je finis par lui dire :

— Quand je suis arrivée ici, au début de la semaine, je trouvais cette mer si agitée, même sans vent, que je ne pensais pas pouvoir m'y baigner. C'est surprenant, et très agréable.

— C'est votre premier séjour sur le site de l'Auberge ?

Avant que j'ouvre la bouche pour répondre, il appuie ses pagaies sur un tronc et contourne son embarcation pour prendre place plus près de moi. Son geste me surprend, quoique j'en sois ravie. On dirait que mon souhait d'hier soir se concrétise. Au fond, deux solitudes ont le droit de fraterniser en toute simplicité. J'attends qu'il ait pris place avant de répondre.

— Une amie m'a parlé de cet endroit. J'avais besoin de calme et de tranquillité.

— Et ?

— C'est un réel coup de cœur. Et vous, c'est votre première visite ici ?

— Non, mon séjour à l'Auberge est devenu un rituel annuel.

Je sens une hésitation puis, il rajoute :

— Si on se présentait ? On ne cesse de se croiser, alors, autant se connaître un peu.

— Avec plaisir ! Vous avez tout à fait raison. Élizabeth Lavigne.

— Thomas Blackburn, répond-il en soulevant légèrement son chapeau.

Il propose d'installer son parasol près de ma couverture, puis il place sa serviette de plage à l'ombre, près de moi. Au fil de la conversation, nous réalisons que nous étions tous deux enseignants, aux deux extrémités de la scolarisation et que nous avons un intérêt commun pour la lecture et la nature. Il me parle de son attachement à l'Auberge et de son amour pour la Gaspésie. J'apprends qu'en plus du kayak il nage régulièrement, marche beaucoup et jogge un peu. La discussion n'est pas à sens unique, il écoute et sait soutenir le regard. En s'approchant de moi, il avait retiré ses verres fumés, je n'avais pas remis les miens depuis ma courte sieste. J'aurais aimé promener mes yeux sur l'ensemble de sa personne, mais un malaise, une certaine retenue freinent cette envie et je me limite au visage. Des prunelles d'un brun chaud, un visage plutôt sérieux, un sourire réservé ; ses cheveux poivre et sel légèrement bouclés effleurent son cou, la brise balaie de fines mèches qui sèchent. Sa voix est grave et chaude, son débit un peu ralenti, comme s'il avait l'éternité devant lui. Il dégage un grand calme. Sa présence inspire la confiance, je me sens bien près de lui.

Quand je discutais avec mes amies, je retrouvais ce sentiment de bien-être, cette complicité et ce plaisir partagé de la compagnie de l'autre. Avec un homme, ça faisait des lustres que ça ne s'était pas produit, j'en éprouve un grand bonheur qui me fait sourire. Je ne suis pas devant un homme qui cherche à séduire, cela lui donne un charme qui m'attire et me trouble. Sa simplicité me plaît, sa discrétion m'émeut et sa conversation m'enchante.

Une enfilade de kayaks colorés glissent sur l'eau, juste à la ligne où les vagues se forment. Nous les observons ; c'est lui qui rompt le silence.

— Votre mari, il vous manque ? Vivre seule, est-ce difficile ?

Sa question me surprend et je laisse filer les secondes. Je suis sur le point de lui répondre quand il poursuit.

— Peut-être suis-je indiscret ?

— Non, ce n'est pas ça. C'est juste que… c'est une autre vie à apprivoiser. La solitude, je ne la subis pas, elle m'est même nécessaire pour le moment.

— Qu'est-ce que vous entendez par « une autre vie à apprivoiser » ?

— La vie à deux est remplie de souvenirs, d'habitudes, de rituels et, du jour au lendemain, tout ça n'existe plus.

— Même les souvenirs ?

— Non, pas tous… Vous savez, j'ai toujours été une personne de compromis et je me rends compte que cette attitude m'a fait passer à côté de bien des choses auxquelles j'aspirais.

— Des regrets ?

— Non, les regrets ne servent à rien. Ils ne servent qu'à nous faire stagner.

Le silence est retombé. En avais-je trop dit ? Et lui, se livrerait-il un peu ? Il est seul et cette auberge n'est pas l'endroit pour des vacances de gars.

— Votre femme ne pouvait pas venir avec vous ?

— Non, elle ne pouvait pas.

Un voile de tristesse est passé dans ses yeux. La conversation n'a pas repris son élan.

La journée s'écoulait en douceur.

— J'ai un petit creux, dis-je. Et vous ?

Je l'ai laissé seul un moment pour effectuer un saut au chalet. Je suis revenue avec des sandwiches, des crudités et des bouteilles d'eau fraîche. Il a saisi un sac isolant dans le kayak d'où il a sorti un plat rempli de fruits. Ce repas improvisé et partagé m'a donné l'occasion d'épier d'autres aspects de cet homme mystérieux. Il prenait son temps comme pour savourer pleinement ce qu'il portait à la bouche. Je lui trouvais une attitude respectueuse avec la nourriture et cela me plaisait. La discussion plus neutre et le lunch se sont prolongés dans la lenteur. Tout en l'observant, je me demandais s'il faisait l'amour avec cette langueur. Une collègue à l'école disait que les hommes baisent, c'était son expression, comme ils mangent. «Les goinfres sont expéditifs, les difficiles qui ne goûtent à rien de nouveau sont routiniers, et ceux qui dégustent, en prenant leur temps et avec raffinement sont les meilleurs amants.» J'étais soulagée que Thomas ne puisse lire dans mes pensées.

— Élizabeth, demain je me rends à Gaspé et je pars très tôt. Un ami, professeur retraité qui vit comme moi près de Québec, possède un chalet dans le coin et nous avions prévu d'aller à la pêche et de passer un bout de la journée ensemble. Mais… puis-je me permettre de vous inviter à partager ma table pour le souper, à la salle à manger de l'Auberge?

Spontanément, je réponds:

— Pourquoi pas?

— J'en suis ravi! Vers dix-huit heures, ça vous convient? Demandez qu'on vous installe à la table de Tom si je ne suis pas descendu à votre arrivée; je ne devrais pas tarder.

J'avais atteint ma dose de soleil pour la journée. Trois kayaks sont sortis de l'eau et Thomas a rejoint les kayakistes pour les aider à transporter les embarcations sur leur support près d'une vieille remise de bardeaux gris. Nous nous sommes dit au revoir et serré la main. Une fois mes accessoires de plage rangés, je me suis préparée pour prendre une douche. Avec le sel séché, ma peau tiraillait. Cependant, je suis longtemps demeurée assise sur le bord de la baignoire, je respirais l'odeur que sa poignée de main avait laissée sur ma paume. Était-ce la magie de l'endroit, la douceur de la brise, l'air salin mêlé à celui de l'iode, le chant de la mer et la chaleur du soleil qui causaient cet état d'euphorie? Je souhaitais de tout cœur que la suite de mon roman m'aide à passer le plus rapidement possible la journée du lendemain.

Chapitre 8

Thomas

Comme j'emprunte l'allée de gravier de l'Auberge qui mène à la route, le rétroviseur me renvoie le tableau du petit chalet diffusant une faible clarté. Elle est donc aussi matinale que moi. Tout à l'heure quand j'ai ouvert le rideau de ma chambre, la pénombre enveloppait tout, à l'exception d'une lueur qui pâlissait sur la ligne d'horizon en annonçant le lever du jour.

Je me sens léger, d'humeur radieuse. Est-ce l'idée de ce souper avec Élizabeth qui me procure cet enjouement? La Silhouette a maintenant un prénom. On a beaucoup parlé hier sur le bord de la mer. Elle est de ces personnes qu'on a envie de connaître davantage. « Ça y est, je neutralise ce que je souhaite, J'AI envie d'en savoir plus sur elle. » Elle voulait de la tranquillité. La solitude n'est pas un fardeau pour elle. Quelqu'un qui préfère la compagnie et part seul en vacances cherche plutôt les endroits animés, les plages bondées ou la ville. Elle est joyeuse, elle aime rire, et cela me réconforte. Sa présence m'extirpe de la morosité. Visiblement, elle affectionne les enfants si j'en juge par la façon dont elle parle des petits qui ont rempli son existence d'enseignante. Je me demande si elle-même, elle en a. Je me sens attiré comme par un aimant, quelque chose de tout à fait irrationnel. Lui parler de Michelle m'est difficile. Je suis loin d'être un « courailleux » et je crains de laisser cette impression du mari qui s'en permet alors que sa femme est malade. J'ignore la durée de son séjour. Peut-être pourrait-elle venir écouter notre *band* un soir de la semaine prochaine ?

Je ferme le babillage de la radio qui interfère dans mes pensées et je glisse un CD de musique classique. La route est presque déserte. Durant le trajet, je réfléchis aux aspects que j'aimerais connaître d'elle, sans que cela paraisse trop inquisiteur ou indiscret. Et si on se contentait de passer simplement un bon moment ensemble ? De laisser les choses se dérouler sans chercher à leur donner une direction ? Ça serait plus raisonnable. Quelle serait sa réaction si je lui exprimais mon malaise de souhaiter sa compagnie tout en étant marié ?

Je retrouve mon vieil ami Hubert sur les quais. Il a une vingtaine d'années de plus que moi, il pourrait être mon frère aîné. Quand je suis arrivé à l'Université Laval, il m'avait pris sous son aile. Il a été un mentor et le revoir me procure toujours une immense joie. Il m'accueille les bras ouverts avec un sourire qui s'étire jusque dans ses yeux.

— Thomas ! J'attendais avec impatience cette journée.

— Bonjour Hubert, pour moi aussi cette journée est devenue un rituel dont je ne pourrais me passer.

Nous avons pris place à bord du bateau d'un vrai pêcheur avec qui mon ami s'était lié. L'océan avait été dur pour lui. Elle lui avait englouti son père et un frère au cours d'une violente tempête. Quand il était retourné sur son embarcation après ce drame, sa femme était partie. Il faut être femme ou fille de marin pour réaliser que l'eau salée coule dans les veines des hommes de la mer. Elle leur est vitale. À l'adolescence, l'océan lui avait aussi avalé deux doigts. Un soubresaut du bateau avait fait dévier la lame du couteau qu'il maniait pour évider les poissons. Ça, c'était avant les morts d'hommes. Il était jeune, la plaie avait guéri facilement, puis il avait appris à se débrouiller avec une main incomplète.

Sa chevelure de feu trahissait des origines irlandaises ou écossaises. Le visage marqué de taches de son lui donnait un air de gamin. À force de scruter l'horizon et d'affronter les réverbérations du soleil, ses yeux étaient réduits à deux faibles fentes et je n'arrivais pas à voir leur couleur. Ses mains nouées par le travail gardaient la force et l'agilité de la jeunesse. Quand il me les a tendues pour traverser la passerelle du bateau, je me suis demandé s'il voulait m'aider ou me saluer. Des mains fermes, sèches et rugueuses, de vraies mains d'homme.

J'avais déjà pris du poisson avec une canne à pêche, du doré et de la truite. Mais lever des filets, c'était une première. J'ai vite réalisé que ce travail exige un savoir-faire et de la force. Notre guide de la journée était un excellent pêcheur. Il pouvait lire la météo dans les nuages, repérer les bancs de poissons dans le mouvement de l'eau, amarrer son bateau en marin aguerri, réparer ses filets avec les bons nœuds et, visiblement, il avait appris à manier le couteau avec assurance, dextérité et... prudence.

Hubert avait apporté une salade de pommes de terre et une tarte aux framboises, j'avais une bouteille de chardonnay dans mon sac et le pêcheur nous avait préparé une morue attrapée du matin, faisant sauter les filets enfarinés dans une vieille poêle avec une grosse quantité d'oignons.

— Merci, mais je m'en tiens au thé et à l'eau, avait-il répondu quand je lui avais tendu un gobelet de vin. Je conduis.

Il a rempli une tasse en fer-blanc d'un thé très fort emporté dans un thermos et nous a versé du vin dans deux tasses semblables.

— Merci, ai-je dit. Vous cuisinez bien, je n'ai jamais mangé du si bon poisson. Même à l'Auberge.

— Facile quand c'est frais. Mais c'est la seule chose que j'sais faire cuire. D'la morue, pis aussi les pétoncles.

L'angélus du midi sonnait au moment où nous attachions les amarres au quai. Hubert a insisté pour que j'emporte un gros filet enveloppé dans de la glace sèche. On me l'apprêterait sûrement à la cuisine de l'Auberge. À moins que je le donne à Élizabeth ? Offrir du poisson manque peut-être de romantisme, mais une pêche du jour est certainement un régal pour les amateurs. J'avais mangé de ses sandwiches au crabe, j'en déduisais qu'elle aimait les produits de la mer.

Hubert et moi avons passé le reste de l'après-midi à son chalet, assis sur la galerie, juste en face de la baie de Gaspé.

— Comment ça se déroule à l'université ? a demandé Hubert. Tu sais, ça me manque parfois de me retrouver devant les étudiants.

— Peu de changements si ce n'est qu'il y a plus de filles dans plusieurs facultés et que la nouvelle génération d'étudiants est beaucoup plus revendicatrice que nous ne l'étions à leur âge.

— Et comment vont Michelle et les enfants ?

— Avec Michelle, c'est stable, ni mieux, ni pire. Alex est toujours aussi occupé. Quant à ma fille… tu sais, je me demande parfois si notre situation familiale a eu une incidence sur le choix de carrière de Cynthia.

— Sans doute !

— Je dois avouer que de la voir s'accomplir dans son travail de psychoéducatrice me rend heureux. Tu savais que je suis maintenant grand-père ?

— Oui, et j'en suis très content pour toi. Une nouvelle génération qui arrive amène un vent de jeunesse. Comment a réagi Michelle ?

— Théoriquement, elle sait que Cynthia a deux bébés, mais je ne crois pas qu'elle réalise qu'elle est désormais grand-mère.

— Et Alex ?

Après l'accident de sa mère, Alex avait vécu les choses autrement que sa sœur, « à la manière d'un garçon », disait ma mère, sans démontrer ses émotions. Alex est un rationnel, il travaille avec des chiffres et des ordinateurs. C'est dans ce milieu qu'il est à l'aise. Julie l'a beaucoup soutenu quand elle a commencé à s'occuper de Michelle. Parce que, sans s'en rendre compte, elle nous a beaucoup aidés à composer avec les dommages collatéraux de l'accident.

— Il travaille beaucoup. Actuellement, il fait de la randonnée dans les Rocheuses avec deux amis. Je le vois peu, mais on s'écrit régulièrement. Je n'ai jamais abordé le sujet avec lui, mais j'ai toujours eu l'impression qu'il évite sa mère. Par malaise. Quand il passe à la maison, c'est en coup de vent.

Quand Michelle était revenue à la maison, j'avais demandé aux enfants d'assumer certaines respon- sabilités auprès de leur mère. Au fond, je croyais que ça permettrait à notre vie de famille de renaître, comme avant. Alex s'était renfermé, ses notes avaient chuté. Même au hockey, son entraîneur ne le reconnaissait plus. Tout le monde expliquait ça par le contrecoup de l'accident. Julie avait vu autre chose. Pendant un BBQ chez elle, nous étions au bord de la piscine, Alex, Julie et moi. Elle s'était mise à penser tout haut comme elle avait l'habitude de le faire : « Si Alex t'aidait à accomplir des affaires de gars, est-ce qu'indirectement il n'amènerait pas de l'eau au moulin pour la vie de famille ? » Hubert était sociologue, mais il possédait beaucoup de connaissances en psychologie et sur le comportement humain. Il savait que mes vacances en Gaspésie étaient une échappatoire par rapport au quotidien, et il restait alors discret sur ma vie de famille. Il s'informait régulièrement d'eux, mais c'était la première fois que cela se produisait pendant mon séjour ici. Cette année, tout se passait différemment, même les sujets de conversation avec mon vieil ami.

— À l'époque, avec les enfants, j'avais confondu le sens d'une simple responsabilité à assumer et celle de veiller au bien-être de quelqu'un. Sans le vouloir, mon attitude avait fait en sorte que mon fils s'était senti obligé de surveiller certains aspects de l'existence de sa mère. Après cette discussion avec Julie, un virage s'était produit. Alex s'acquittait presque avec plaisir des tâches que je lui confiais, comme libéré d'un poids trop lourd pour ses jeunes épaules d'adolescent. Et doucement, de lui-même, il s'est mis à passer des moments seul avec sa mère, comme ajouter quelques pièces à son puzzle, lui tenir compagnie quand j'allais à l'épicerie ou laver la vaisselle en duo en lui racontant sa journée. Je l'ai toujours senti mal à l'aise dans les apparitions en public avec Michelle. Moi, j'y arrive, mais plus au restaurant. C'est Cynthia qui veille à accompagner sa mère qui aime tant ce genre de sortie.

— J'ai toujours trouvé que c'était une sage, ta fille, une vieille âme.

— Je crois fermement que la responsabilité de s'occuper des plus vulnérables, comme ma fille le fait, et comme Julie, ça demande une grande dose d'altruisme et de générosité, c'est une vraie vocation. Cynthia et Julie se ressemblent beaucoup sur ce point. J'apprécie tellement ce qu'elles font. Vois-tu, je rémunère Julie pour son travail auprès de Michelle, car il s'agit bien d'un travail. Cependant, elle en prend soin avec tellement d'humanité, de respect et de gentillesse que je n'ai jamais senti que cette tâche lui pesait. Quelle chance qu'elle ait croisé notre vie !

— C'est vrai. On ne sait jamais ce que la vie nous réserve au détour du chemin.

— Pourquoi tu dis ça ?

— Eh bien, ces contretemps dont tu m'as parlé, puis tout s'arrange pour que tu puisses venir… peut-être que c'est le présage d'un tournant pour toi.

Nous sommes restés un long moment à observer les mouettes qui suivaient un bateau de pêcheur. Leurs cris accompagnaient notre silence. Je pensais à Élizabeth qui croisait ma route, tout en trouvant Hubert songeur. Sa dernière phrase tournait en boucle dans ma tête quand il m'a dit :

— Thomas, ce qui m'attend au tournant, c'est ma route qui tire à sa fin, les bestioles du cancer sont en train de me ronger.

Devant mon air désolé, en souriant, il a ajouté avec un regard enveloppé de sérénité.

— La prostate, un cancer qui a une très lente évolution. Je ne sens pas du tout cet intrus dans mon corps. J'ai choisi de laisser la vie suivre son cours. J'approche des quatre-vingts ans, j'ai eu une bonne vie, bien remplie et plus que ma part de bonheur. Je veux juste éviter la souffrance et ne pas me sentir diminué. J'ai une belle qualité de vie et ça devrait se poursuivre encore quelques années. Le système de santé est engorgé. Qu'est-ce que ça donnerait de déployer leur artillerie pour un homme de mon âge ?

— Ça ferait croire aux médecins qu'ils sont parfois plus forts que Dieu.

Hubert connaissait ma position sur l'acharnement médical à prolonger la vie. Mais les médecins ne se préoccupent guère des coûts que cela entraîne. Les coûts financiers et les coûts émotionnels. Il était l'un des seuls à qui je m'étais confié sur l'impact de l'accident de Michelle dans ma vie. Lui seul savait qu'avec les années, mes espoirs s'étaient émoussés. Michelle fonctionnait comme une automate que l'on devait programmer… avec précision. Lui seul connaissait l'irritabilité que je ressentais à la fin de toutes les interventions des professionnels de la réadaptation. Je les avais trouvés défaitistes, ils ne connaissaient pas Michelle comme moi, sa force de caractère, son ambition, sa volonté farouche. Je refusais d'entendre leurs discours de « plateau atteint, d'inaptitude, de dépendance ». C'est à ce moment-là que Julie était vraiment entrée dans notre vie.

Aujourd'hui, Michelle était considérée comme « autonome ». Dieu que je déteste ce mot ! Autonome, oui si on la dirige, si on lui rappelle quoi faire. Elle n'est jamais retournée à son travail de pharmacienne. Quand elle m'accompagne pour chercher ses prescriptions, je me demande si elle se souvient seulement qu'elle s'est déjà trouvée derrière ce comptoir. Le ski alpin, le patin, la bicyclette, tout ça c'est fini à cause des pertes d'équilibre qui persistent. Le cinéma, les visites de musées, les concerts, les voyages : de toutes ces activités qu'on prenait plaisir à accomplir ensemble, il ne reste plus rien. Ou presque.

C'est beaucoup grâce à Hubert si j'ai pu m'accrocher à l'enseignement. Pendant presque trois ans, il avait usé de son influence pour faciliter des arrangements à mon horaire de cours afin de me permettre de répondre aux contraintes familiales pendant que ma femme réapprenait les petits gestes du quotidien. Si j'ai réussi à trouver un équilibre, à développer des habitudes et un rythme pour que notre existence s'écoule sans placer Michelle, c'est en partie à Hubert que je le devais, parce que j'ai toujours refusé de la mettre en institution. J'ai parfois navigué à contre-courant de la volonté de certains intervenants. Je suis devenu allergique à ceux qui prétendent agir pour mon bien, qui prétendent savoir ce qui est préférable bien qu'ils ne soient aucunement concernés. Quand tout mon monde est au poste, il m'arrive d'oublier la gravité de son état. Avec la routine et la régularité, les journées se déroulent plus facilement. Michelle avance alors en mode pilote automatique, à la manière d'un robot. Mécaniquement, mais elle fonctionne. Cependant, si le pilote automatique lâche, ça prend un navigateur aguerri pour maintenir le cap. Aujourd'hui, c'est mon ami qui devait affronter un coup de vent de la vie.

— Hubert, tu as toujours été là pour moi, je veux que tu saches…

— Oui, je sais. La meilleure façon de m'aider, c'est de permettre à la vie de se poursuivre sans tristesse.

Je savais qu'Hubert vivait seul. Veuf depuis une dizaine d'années, son fils habitait à Genève et sa fille à New York. Il était très attaché à sa filleule qu'il voyait plus souvent que ses enfants.

— T'inquiète pas, Thomas, quand ça deviendra plus difficile, j'ai trouvé une place où aller rester. Une résidence pour les vieux qui veulent mener la vie d'hôtel et où on les traite aux petits soins. Ma voisine m'a accompagné pour une visite. Un endroit très convenable. Mais je crois bien que c'est davantage mon âge que ce cancer qui décidera du jour J.

Sur le retour vers l'Auberge, Hubert a occupé toutes mes pensées. Ses propos devant son diagnostic ont fait grandir en moi l'aura de « gourou de sagesse » que je lui avais toujours attribuée. Quand je l'ai connu, il était à l'aube de la cinquantaine, et dès ce moment, j'ai profondément admiré son discernement, son absence de jugement et son intelligence. Il est de ces personnes qui nous mettent en contact avec nos forces et nous aident à nous sentir meilleurs. C'est ce que représentait Hubert pour moi, le professeur, mais aussi l'homme.

À peine ma voiture garée, Camille est sortie de l'Auberge en courant. Je voyais qu'elle faisait un effort pour rester calme.

— Monsieur Thomas, votre fille a téléphoné. Il faudrait la rappeler tout de suite.

CHAPITRE 9

Élizabeth

C'est ma dernière journée dans ce coin de paradis et je compte bien en retirer le maximum de bienfaits. J'ai beaucoup écrit et cela me donne l'assurance d'aller au bout de mes décisions. Je me doute bien que Daniel ne cherchera pas à camoufler sa désapprobation devant mon escapade. J'ai cuisiné quelques petites phrases à lui servir en espérant qu'il ravalera ses reproches et me laissera mener ma barque à ma façon.

La journée est douce, quelques nuages jouent à la cachette avec le soleil et une légère brise agite les herbes en bordure de la grève. Collations, crème solaire, lecture et serviette s'entassent dans mon grand sac. J'enfile une robe légère par-dessus mon maillot, chapeau et verre fumé et me voilà prête à partir. Je veux me rendre jusqu'à l'embouchure de la rivière près du village de Barachois. Aller par la plage, retour par la bande de terre qui sépare les marais salants de la mer.

Presque une semaine dans ce lieu magique donne l'impression que j'y suis depuis beaucoup plus long-temps, tellement je me sens transformée. Ce n'est pas que j'aie changé, ce qui me paraît différent, c'est ma perception de la vie, ce pouvoir que je veux m'approprier pour choisir l'orientation des évé-nements qui me concernent. C'est comme si j'avais une nouvelle paire de lunettes qui rend plus claire ma vision des choses. J'ai toujours pensé être une femme autonome puisque je travaillais à l'extérieur. Maintenant, je sais que l'autonomie, c'est beaucoup plus que cela.

C'est vendredi, l'approche du week-end amène plus de vacanciers sur la plage, du moins dans la partie publique. Des gens ramassent les jolis galets, une dame plus âgée que moi est installée avec un livre, je reconnais celle que j'avais croisée lors de ma première promenade ; des jeunes tentent de faire lever leur cerf-volant dans le ciel ; des baigneurs s'éclaboussent. Malgré la faiblesse du vent, ces vagues sont toujours aussi rugissantes. J'aimerais connaître le phénomène qui rend cette rumeur si intense.

À mesure que je m'approche de la rivière, je croise davantage de gens, tous dispersés. Je marche les pieds dans l'eau en observant les pluviers qui s'éloignent dès qu'ils me sentent trop près. J'adore voir gambader ces petits échassiers toujours en bandes. Ils me font penser aux enfants dans la cour de récréation qui courent en riant, image d'une belle insouciance.

Je m'installe en retrait, près d'un gros tronc contre lequel je peux m'adosser. Ouf! J'ai chaud et cette pause est salutaire. Cependant, j'aime l'effet de l'effort physique qui me procure le sentiment de vivre pleinement. Avant de partir du chalet, je suis allée réserver pour l'an prochain, je veux revenir ici. Celui à côté du mien est un peu plus grand, je l'occuperai pour deux semaines, en août cette fois. Je me sens gonflée d'une grande énergie et remplie d'une paix intérieure que je découvre.

Je me remémore ces vacances dans une douce torpeur qui fait naître un sourire de contentement sur mes lèvres. Et puis, une invitation pour le souper, comme mon séjour se termine bien !

Au retour de ma longue randonnée, je fais couler un bain moussant pendant que je choisis mes vêtements pour la soirée. Cette eau chaude et parfumée efface toute trace de sable et de sel sur ma peau et calme mon esprit avant que je me rende à l'Auberge. Pourquoi la nervosité me gagne-t-elle alors que c'est seulement l'occasion de passer un agréable moment en charmante compagnie ?

Dès que j'entre à la réception de l'Auberge, je sens une agitation inhabituelle. Toutes les tables sont prises. Un nouveau visage me guide vers celle de « monsieur Tom ». Je m'attendais à ce que ce soit Camille qui a l'habitude de travailler à l'accueil et d'assigner les places à la salle à manger. Je l'ai aperçue ce matin en partant. On m'installe à la même table que lors de ma première visite. Prémonitoire ? La dame qui s'occupait de moi plus tôt dans la semaine est en service dans la salle d'à côté. Elle me salue gentiment quand nos regards se croisent. J'entends la conversation qu'elle tient avec les clients. J'en déduis que ce sont des habitués, comme Thomas. Je l'écoute relater un accident qui s'est produit en fin d'après-midi. L'homme de la maintenance, un employé qui travaille à l'Auberge depuis plus de quinze ans, s'est blessé avec une scie ronde. Il s'était installé à l'extérieur comme il le fait souvent quand il fait beau. Le petit chien des vacanciers qui arrivaient s'est faufilé dans ses jambes en sautant de la voiture. Un malencontreux mouvement a causé une entaille importante dans son bras, « presque jusqu'à l'os ». Camille a tout vu et s'est occupée de lui. Elle était trop bouleversée pour poursuivre son service et elle est retournée chez elle. Cela explique son absence pour la soirée. Elle n'est donc pas en congé pour la soirée comme je l'ai d'abord cru.

J'ai compris que cet événement désorganisait quelque peu les habitudes de l'Auberge et produisait toute cette électricité dans l'air. La jeune fille qui m'avait guidée vers ma table s'est approchée pour prendre ma commande.

— Quelqu'un doit me rejoindre, ça ne devrait plus tarder. Je vais patienter.

Un sentiment d'inconfort commence à m'envahir à mesure que les minutes s'écoulent. Je déteste attendre à un rendez-vous donné, la ponctualité demeurant pour moi un signe de respect. Thomas n'est sûrement pas prisonnier dans un bouchon de circulation ! Je prends de profondes respirations pour rester calme. Je souhaite tant que cette soirée soit agréable. La serveuse de la salle voisine vient me trouver.

— Madame, excusez ma curiosité, j'ai entendu que vous attendiez quelqu'un. Est-ce une personne de l'extérieur, il y a un jeune homme dans le salon ?

— Non, c'est l'un des clients réguliers. Je crois que cette table est celle qu'il occupe habituellement.

— S'agit-il de monsieur Thomas ?

J'éprouve à nouveau ce malaise quand je vois son sourire s'éteindre.

— Oui, c'est bien avec lui que j'ai rendez-vous.

— C'est… qu'il a quitté l'Auberge en fin d'après-midi, il a annulé le reste de son séjour.

— Oh ! dis-je bêtement.

Je sens la chaleur m'empourprer les joues.

— Ça ne lui ressemble pas, il y a sûrement une bonne raison. Je suis désolée pour vous… Est-ce que vous souhaitez tout de même manger à l'Auberge ?

— Oui, bien sûr, je vais commander.

J'ai mangé sans grand appétit, étrangère à ce qui se passait autour de moi et le cœur rempli de… de quoi au juste ? J'arrivais mal à discerner cette émotion qui me bouleversait. Je me sentais comme un plat qu'on a commandé et qu'on retourne en cuisine parce qu'on juge son aspect peu inspirant. Est-ce que j'avais fait ou dit quelque chose qu'il ne fallait pas ? Il est parti précipitamment, un fuyard ? Une urgence ? Je ne connaissais à peu près rien de la vie privée de ce Thomas. Il a une belle apparence tant dans l'allure que dans les manières. Ici, on lui démontre de la révérence. Mais n'est-ce pas l'attitude à adopter avec les clients ?

Je suis déçue parce que j'attendais cette soirée avec une grande joie, et que j'avais été sensible à son charme. Je me sens bernée comme une adolescente. Si une chose compte pour moi, c'est bien celle de remplir ses engagements. Je me suis toujours fait un devoir de respecter une promesse, sinon, pourquoi prendre un engagement si l'on n'a pas l'intention de l'honorer ? Et si un contretemps hors de notre contrôle survient, alors, la moindre des choses, c'est de faire des excuses, aussi plates soient-elles.

Même si Thomas Blackburn ne m'a pas étourdie de belles paroles, je lui en veux de me laisser en plan sans explications. J'ai l'impression d'ingurgiter une dose de fiel, comme ça, juste à la fin de ces merveilleuses vacances où absolument rien n'a terni toutes ces magnifiques journées. Sauf l'attitude irrévérencieuse de cet homme. Je ne l'ai vraiment pas vu venir. Dieu que je suis naïve !

Cependant, je refuse que le seul aspect déplaisant des derniers jours transforme cette semaine de pur bonheur en amertume. J'ai la ferme conviction que mes réflexions et les décisions qui en découlent donneront une nouvelle direction à ma vie et ça, je suis vraiment déterminée à ne pas le perdre de vue. J'ai choisi d'afficher un sourire, ne serait-ce que pour rire de moi. À mon âge, être encore si sentimentale et fleur bleue! Instantanément, un voile se lève et je prends conscience que je me trouve dans un lieu magnifique, qu'autour de moi tout est calme, serein et harmonieux, que le repas est goûteux et réconfortant, le service, chaleureux et convivial. Je ne veux gaspiller ni temps ni énergie pour m'apitoyer sur ma personne à la suite du comportement plutôt cavalier d'un homme.

La nuit suivante, j'ai fait un rêve étrange. Je me trouvais dans une vieille pièce tout en bois et jalonnée de bouts de chaîne rouillée. Je flottais dans les airs en observant la scène. Il y avait une grande porte dans la pièce qui semblait être en hauteur puisqu'on y apercevait un ciel bleu. Une silhouette, celle d'une femme, tenait un ancien balai fabriqué de branchages retenus par un lacet de cuir. Elle tentait de débarrasser le sol des morceaux de métal en les poussant vers l'ouverture. Elle y parvenait, centimètre par centimètre. Un oiseau voletait autour d'elle en faisant entendre son cri. La silhouette ne comprenait pas le langage du volatile qui essayait de lui dire quelque chose. Son outil s'usait rapidement, le bout des branches cassait. Elle pensait ne jamais y arriver si son instrument se brisait. Elle a constaté au contraire que le travail devenait plus facile et plus efficace à mesure que l'extrémité s'émoussait. Cela l'a encouragée à accélérer la cadence. Après d'interminables minutes d'effort, il ne restait que la grosse branche qui tenait lieu de manche au balai. Méthodiquement, la femme poussait les chaînes vers la porte en les jetant à l'extérieur. Elle déplaçait le dernier bout de métal, le plus long, et n'a pas vu que le lacet de sa chaussure s'entortillait dans un maillon. Comme elle donnait le coup final pour la projeter avec les autres, elle s'est sentie aspirée dans le vide.

Je me suis réveillée en sursaut, épuisée comme si j'avais accompli la tâche de ce cauchemar. Mon cœur battait à toute allure, comme si j'avais évité de justesse une chute dans le vide. J'étais couverte de sueur. Je me souviens rarement de mes rêves. Dehors, l'horizon s'habillait des couleurs du jour. J'ai mis une veste de lainage pour sortir sur la galerie. Le spectacle de ce tableau changeant où une main invisible dessine des arabesques a produit l'effet d'une séance de méditation. En observant la boule de feu poindre sur l'océan, je me suis sentie calme et très bien. Subitement, je me suis retournée. Le vieux balai que j'avais aperçu en arrivant était toujours appuyé sur le chambranle de la porte, la chaîne toute rouillée pendouillait sur la rampe près du portique du chalet voisin. À mon arrivée, ces objets avaient attiré mon attention. Pourquoi avais-je cessé de les voir jusqu'à ce qu'ils apparaissent dans mon rêve ? Et là, j'ai compris. Symboliquement, ce balai servait à effectuer un ménage dans mon existence, me libérant des chaînes d'une forme de dépendance. Pour rendre ma vie plus facile, Bernard avait les guides et je l'avais laissé faire. Pour lui, c'était du paternalisme, et non du contrôle. J'en étais en partie responsable.

J'avais réussi à éviter la chute dans le vide. Et si ce Thomas représentait le lacet de chaussure qui avait failli me faire basculer?

Je suis passée sous la douche pour évacuer totalement les vapeurs de ce rêve. En moins d'une heure, mon bagage était bouclé et rangé dans mon coffre. Je me suis dirigée vers l'Auberge pour avaler l'un de leurs fameux déjeuners et régler ma note.

J'ai pris le chemin du retour en passant par la vallée de la Matapédia. Je complétais ainsi un trajet de plus de deux mille kilomètres, toute seule. Je roulais vers une nouvelle destination. Pour le moment, je m'en allais à la même adresse que celle des quarante dernières années, mais pour peu de temps.

CHAPITRE 10

Thomas

Quand j'ai fini par obtenir Cynthia au téléphone, au simple timbre de sa voix, j'ai su
que quelque chose de grave s'était passé.
Seulement quelques bribes de phrases sont parve-
nues à franchir la distance qui me séparait de ma
fille, il y avait trop de détresse dans les propos de
Cynthia. Je n'entendais que des parcelles de phrases :
« évanouie », « ambulance », « soins intensifs », « pas
repris conscience ». Un grand désarroi s'est abattu sur
moi, un cauchemar recommençait.

J'avais fait cet appel de la réception de l'Auberge.
Pressentant une mauvaise nouvelle, Camille était
restée tout près. Discrète, mais sa présence était ras-
surante. Anéanti, dans un calme apparent, je lui ai
demandé de préparer ma note. « Je dois écourter

mon séjour. » Elle avait senti mon désarroi et n'avait réclamé aucune explication.

Je suis rapidement monté à la chambre pour boucler mes bagages. Avant de partir, je me suis immobilisé un instant près de la fenêtre pour respirer une grande bouffée d'air salin. J'essayais d'y puiser un peu d'espoir en espérant que le vent dissiperait la culpabilité qui me gagnait à nouveau, qu'il m'insufflerait l'énergie nécessaire pour la route et m'aiderait à affronter ce nouveau drame. Mon regard s'est arrêté sur le petit chalet. Le souper avec Élizabeth m'est revenu en mémoire, m'accablant d'une immense déception à l'idée de le manquer. Du tiroir de la table de travail, j'ai sorti des feuilles blanches et une enveloppe. Après avoir chiffonné quelques pages, j'ai fini par rédiger un mot que j'ai glissé dans l'enveloppe.

Avant de partir, j'ai confié ma missive à Camille; elle devait la remettre à Élizabeth dès qu'elle l'apercevrait. Moins de cinq minutes plus tard, ma voiture sortait du sentier de l'Auberge. À peine plus d'une demi-heure s'était écoulée depuis l'appel à Cynthia. Une très longue route remplirait les prochaines heures. L'angoisse m'étreignait et je n'avais aucune idée de ce qui m'attendait à mon arrivée.

Je sais que Cynthia s'inquiète quand je roule à la nuit tombée, cependant, je voulais utiliser au maximum les quelques heures de clarté que j'avais devant moi. Ce qui m'importe, c'est de retrouver Cynthia, elle ne doit pas rester toute seule avec cette détresse qui s'abat à nouveau sur notre famille. Je sens monter des larmes de colère. « Maudit destin ! » Mes mains s'agrippent si fermement sur le volant que mes jointures deviennent blanches. Mes yeux sont restés secs. C'est préférable, Cynthia et Alex ont besoin de leur père.

Je venais de vivre quelques jours de quiétude, cette tranquillité précédant la déferlante qui s'abattait à nouveau sur ma famille. « On ne sait jamais ce que la vie nous réserve dans le détour. » Cette phrase que m'avait dite Hubert m'a accompagné une longue partie du trajet.

DEUXIÈME PARTIE

L'été d'une accalmie

Chapitre 11

Élizabeth

L'été dernier, mon premier réveil en Gaspésie avait été marqué par un bruit de tonnerre suivi de zébrures dans le ciel, un coup si puissant qu'il m'avait tirée du sommeil. Le beau temps avait rapidement chassé les nuages. Cette année, le vent m'accueille, il souffle si fort que le chalet en craque de partout. Il faut dire que ces charmants pavillons aux allures de « belles dames grises » datent d'une autre époque et qu'elles grincent comme des os de vieillard.

À chacun de ces matins en Gaspésie, mon premier regard se porte vers la mer. Aujourd'hui, elle est en furie. Les vagues sont gigantesques, pleines d'écume. Une forte pluie martèle les vitres. Les prévisions météo affichées à l'accueil de l'Auberge annoncent ce temps pour toute la journée.

J'ai tout ce dont j'ai besoin et je compte demeurer à l'abri dans ce cocon de chaleur. Le petit poêle est allumé pour chasser l'humidité. Cette année, je jouis d'un séjour de deux semaines à vivre dans ce paradis. Ce chalet un peu plus grand me permet d'inviter mon amie Mireille qui doit me retrouver pour une parenthèse de trois jours durant des vacances chez sa fille qui habite Maria. Nous avons rendez-vous ce soir pour souper au Café-Bistro de la Vieille Usine de L'Anse-à-Beaufils, pas très loin de Percé. Je ne connais pas l'endroit, mais pour Mireille, il s'agit d'un incontournable. J'en profiterai pour compléter quelques achats à l'épicerie avant de la rejoindre.

L'été dernier, mon séjour ici m'avait permis de réfléchir et de faire le point. Ces quelques jours m'avaient remplie de confiance et de sérénité devant les changements qui m'attendaient. Par contre, en ce moment, j'ai surtout besoin de repos. L'année qui vient de s'écouler a été plutôt cahoteuse. Tiens, encore une fois, les éléments de la nature s'accordent aux événements de ma vie au moment où j'y réfléchis. Ce vent infatigable qui ne cesse de souffler ressemble à celui que j'ai dû affronter avec Daniel et sa femme. Je ne nourris aucun regret au sujet des décisions que j'ai prises. À ce stade-ci, presque toutes les pièces de ma destinée sont en place, et de la façon dont je le veux. J'en suis ravie et fière. Par contre, je me sens vidée, épuisée et… un peu déçue. J'aurais souhaité que mes fils acceptent mes options et les respectent. Avec Nicolas, tout est facile. Il comprend ce besoin de maîtriser ma vie. Il m'a patiemment écoutée à chacune des étapes. Je sais, j'ai bousculé un ordre établi. Les enfants se forgent une image de leurs parents et s'imaginent souvent qu'elle est immuable. Mais sa Josée tient à cette valeur qu'est le respect, je crois que son attitude a aidé Nicolas à mieux composer avec mes choix, le besoin de prendre des vacances seule, la vente du condominium, le fait de modifier certaines traditions familiales, devenues surtout de vieilles habitudes, et même de changer de tête. La mère qu'ils ont connue se métamorphose, ça les déstabilise. J'admire Nicolas et Josée, solides, complices, pleins de tendresse l'un envers l'autre. Malgré leurs douze ans de vie commune, leur amour transpire toujours dans leurs gestes et leurs attitudes. Quand je songe à mon couple à pareille étape… Josée, calme, douce, celle qui ne monte jamais le ton, eh bien, elle a usé de beaucoup de hardiesse pour exprimer sa façon de penser à Daniel et Béatrice. Je n'oublierai pas de sitôt le regard de Nicolas pendant qu'elle affrontait son beau-frère, en défendant mes choix.

— Écoutez, vous deux. Est-ce que vous vous rendez compte que c'est de l'ingérence que vous faites là ! Élizabeth est assez grande, et assez sage pour savoir ce qu'elle veut. Elle est ta mère, Daniel, pas ta fille.

Après un inconfortable silence, elle a rajouté :

— Et si vos filles agissaient de la sorte quand elles seront adultes ? Vous n'aurez aucune raison de leur reprocher parce que c'est le modèle qu'elles auront eu.

— Ce n'est pas la même chose…

— Ah non ? Alors Béatrice, peux-tu m'expliquer ce qu'il y a de différent ?

Je crois qu'à ce moment, on éprouvait, l'un et l'autre, une grande admiration pour ce petit bout de femme. Si j'avais eu cette assurance à son âge…, mais c'était une époque différente et je refuse de mariner dans les regrets. Avec Nicolas, tout finit par couler doucement.

Cependant, avec Daniel, mon aîné « je sais tout », ç'a été une autre paire de manches. Volontairement, j'ai pris la décision de changer le véhicule de son père et de mettre la maison à vendre sans lui en parler.

— Daniel, ma vie n'appartient plus à mes enfants et j'ai fait le choix d'aller de l'avant toute seule.

— Tu aurais pu nous demander notre avis !

— Te consulter, je veux bien, mais pas pour me faire dire quoi faire, surtout si c'est « pour mon bien ». Et je l'aurais sans doute fait si tu ne te montrais pas si contrôlant et directif. Je t'ai tenu à l'écart pour me protéger, parce que tu cherches surtout à décider à ma place.

Je devais faire d'énormes efforts pour rester calme et ferme. Daniel est un être fier, voire orgueilleux, et j'espérais que cela s'assouplirait un peu avec le temps.

Je suis remuée par un frisson. Perdue dans mes tergiversations, le regard figé sur cette mer qui s'agite avec force, j'en ai oublié le feu. Je remets deux bûches dans le poêle et je me secoue. Je refuse de laisser toutes ces réminiscences assombrir mes vacances. La météo est follement déchaînée et je m'en réjouis. Je doute que les résidents des autres chalets pensent comme moi. Tout le monde veut du beau temps durant les vacances. Cette journée m'oblige à rester à l'intérieur et, aussi paradoxal que cela puisse paraître, elle m'apporte un sentiment de réconfort. Installée à l'abri, je sais que je peux maintenant affronter n'importe quelle tempête. Car c'est bien un vent de tempête qui gronde. Les pêcheurs ne sont sûrement pas en mer ce matin. Les vagues se gonflent et les bourrasques sifflent entre les branches de l'immense épinette qui donne une ombre si bienvenue les jours de canicule.

Sans difficulté, j'ai pu entasser tous les bagages dans ma petite voiture. J'ai acheté le même modèle que celle de location de l'été dernier, mais j'avais envie d'une teinte éclatante. Je l'ai choisie vert lime. Je voulais du pétillant, car j'ai besoin de sortir de la pondération à laquelle je me suis toujours conformée, malgré ce que dit mon aîné qui prétend que la sobriété convient mieux à mon âge. Tiens donc! À mesure que je renouvelle ma garde-robe, j'y mets davantage de couleurs. Disons que ça se marie mieux avec ma nouvelle tête. Le gris argenté nécessite de voisiner avec un peu d'éclat pour ne pas sombrer dans la grisaille. J'ai pris conscience que les couleurs ont un impact sur mon état d'esprit et je compte bien les utiliser en ma faveur.

« Je pense qu'elle commence à devenir sénile. » Ce commentaire que ma bru Béatrice avait chuchoté à l'oreille de Daniel m'avait atteinte comme une gifle. D'abord, j'étais restée figée, puis je m'étais doucement approchée d'elle sans lâcher son regard en rétorquant : « La sénilité est une forme de régression, mais c'est bizarre comme j'ai plutôt l'impression d'avancer dans une direction que, malheureusement, toi et Daniel semblez ne pas connaître. » Le rouge avait envahi son visage, je me suis demandé si elle était offusquée ou confondue. J'avais tourné les talons sans rien ajouter. Cette attitude de ne pas m'en laisser imposer, ça aussi, c'était nouveau. Désormais, je refusais d'éviter de préserver à tout prix la bonne entente et de prendre le malaise sur mes épaules en me sentant responsable de l'harmonie familiale. Je ne cherche pas à créer un inconfort, mais j'apprends de mieux en mieux à l'apprivoiser quand il se présente.

Cet été, j'ai apporté quelques touches de petits plaisirs pour agrémenter mon séjour, dont quelques aliments de base plus abondants pour varier et relever la cuisine, une chaîne stéréo compacte portative, un carnet de sudoku, un jeu de Scrabble pour une revanche à prendre avec Mireille, un nécessaire pour peindre, des chandelles parfumées, un jeté pour le fauteuil de lecture. Je l'ai déplacé dans le coin près de la fenêtre pour me donner l'impression que cette mer immense m'enveloppe. Ici, ce n'est plus le bord du fleuve ni l'estuaire, c'est carrément l'entrée dans le golfe du Saint-Laurent.

Au moment où je pars vers L'Anse-à-Beaufils pour retrouver Mireille, je constate que le vent s'est estompé et que la pluie s'est transformée en bruine. Quand je fais escale dans le village de Percé, c'est désert, il n'y a personne dans les rues, cependant on dirait que tout le monde s'est donné rendez-vous à l'épicerie en même temps. Avant d'entrer, je jette un œil sur une partie du stationnement : est-ce que, l'été dernier, le nettoyage d'aliments éparpillés au sol a été fait par la pluie ou par les oiseaux ? L'air est humide à l'intérieur et l'on y circule difficilement. Heureusement, les étagères sont bien garnies.

Avec cet épais brouillard, il est impossible de voir le paysage. Pourtant je sens la présence de la mer, je l'entends. En descendant de la voiture, j'aperçois le bâtiment ; de l'endroit où je me trouve, il ressemble vraiment à une usine. Je marche vers la petite marina, des bateaux de pêcheurs et des voiliers sont amarrés à l'épaule. J'ai un peu de temps devant moi et je me dirige vers la plage. Sur le côté, l'usine a perdu ses airs d'origine. De grandes fenêtres s'ouvrent sur les quais. Il y a une terrasse avec quelques tables vides. L'endroit doit devenir plus animé quand le soleil est au rendez-vous. Je traverse un parc tout aussi désert. Le bruit des vagues se fait plus percutant à mesure que j'approche de l'eau. Mais on est loin de la clameur de celles dans la baie où est située l'Auberge. Mireille me rejoint presque aussitôt.

— Je me doutais bien que je te trouverais sur cette plage. J'ai reconnu ta voiture dans le stationnement et j'ai piqué une virée ici avant même d'entrer.

Je l'enserre de mes bras comme à chaque fois que nous nous retrouvons. Ce geste fait basculer mon chapeau vers l'arrière. Mireille a les joues toutes fraîches et couvertes d'un voile d'humidité. Ses yeux remplis de sourires m'observent d'un air espiègle.

— Joli chapeau !

— Merci ! Allez, viens et présente-moi l'intérieur.

Mireille porte un imperméable à capuchon et marche un peu courbée pour protéger sa coiffure de la bruine. Quant à moi, j'ai déniché un chapeau ciré jaune acidulé, modèle identique à ceux des pêcheurs. Avec mon imperméable rouge vif, je présente de belles taches colorées aux jours de grisaille.

À peine mettons-nous les pieds dans le bâtiment qu'une bouffée de chaleur et une agréable odeur de cuisine nous enveloppent. Un fond sonore donne envie de danser et rend l'endroit joyeux, animé et cordial. Mireille a réservé et notre table se trouve près de l'entrée, du côté des fenêtres. Elle est parmi les plus éloignées d'une petite estrade. Des instruments de musique reposent sur des lutrins.

— Il y a des musiciens ?

— Un peu plus tard, répond Mireille. C'est un groupe « *smooth* », chansonnettes, jazz, et il y a parfois des chansons de charme. Dis donc, j'adore ta nouvelle tête. J'admire les femmes qui osent leur couleur naturelle après la soixantaine. Tu as un teint qui met tes cheveux en valeur et une coupe que je qualifierais… d'audacieuse. Du moins un peu moins classique que les coiffures que tu arborais depuis que je te connais.

— Ça fait partie des quelques changements survenus au cours de la dernière année, dis-je sur un ton malicieux.

Le serveur s'approche pour nous remettre le menu et nous proposer un apéritif. Je n'avais pas revu Mireille depuis mon retour de la Gaspésie l'été précédent, mais on échange régulièrement des courriels et l'on se téléphone à l'occasion. Depuis longtemps, ma tête s'habillait de blondeur dont la nuance se modifiait au fil des ans. Mon mari avait toujours préféré les blondes et je m'étais laissé convaincre que c'était la couleur qui me convenait. Toutefois, je n'aurais jamais cru que la teinte argentée me donnerait une allure plus jeune avec cette coupe. Ma petite fille m'a trouvé un air de « petit lutin coquin », Josée ne cesse de me répéter que je suis radieuse. Quant à Daniel, il ne me reconnaît plus, alléguant que j'ai changé avec un sous-entendu de reproches et... que cette métamorphose est une faute de ma part. J'ai passé outre son opinion, l'important c'est qu'il ait noté un changement : c'est ce que je visais.

Ce repas avec Mireille m'offre l'occasion de revenir sur les détails de la dernière année.

— Tout ce que je souhaitais s'est déroulé avec aisance. Après les vacances, Daniel a mis plusieurs kilomètres entre nous. Émotionnellement et physiquement. Béatrice avait l'opportunité d'effectuer un stage à Toronto, chez Apotex, une compagnie pharmaceutique. La famille s'y est installée pour un an. Certes, c'est une belle possibilité d'immersion en anglais pour les filles. Daniel travaille à distance à un nouveau projet.

— Mais ça semble te désoler. Peut-être qu'un peu d'éloignement temporaire sera bénéfique pour tout le monde. Ça permet parfois de réaliser à quel point les gens comptent pour nous.

— Tu as sans doute raison, d'autant plus que tu parles en toute connaissance de cause. C'est quand même difficile d'en faire abstraction.

— Je sais, rajoute Mireille en touchant doucement mon bras.

— J'adore cet endroit, dis-je après avoir laissé glisser un silence, tu es prête à commander ? Je meurs de faim !

— Je savais que ça te plairait. Je suis heureuse que tu sois revenue en Gaspésie, ça nous donne l'occasion de passer un moment de vacances ensemble.

— On dirait que cet endroit m'aide à voir plus clair. C'est calme, paisible, ça doit être à cause de ça.

— Et alors, ton départ, ça s'est fait moins en coup de vent que l'année dernière ?

— Quand j'y pense ! C'était très impulsif et tu sais à quel point je suis plutôt rationnelle et réfléchie quand il s'agit de prendre une décision. En plus, je n'ai fait que m'en féliciter.

— J'adore la « nouvelle Élizabeth », tu crois qu'elle y est pour quelque chose dans le virage professionnel de Daniel ?

— Ce n'est pas lui, c'est Béatrice qui a eu cette possibilité. Il l'a suivie. Tiens ! Je réalise qu'il suit. D'habitude, c'est lui qui décide, qui organise, qui gère tout, les autres le suivent. Il ressemble tellement à son père, celui-là. Parfois, j'ai des pensées de tristesse quand je constate que j'ai échoué à lui faire comprendre le fond de ma pensée. On peut tenter d'inculquer le meilleur à nos enfants, transmettre des valeurs, leur donner toutes les chances possibles de trouver leur voie pour réussir leur vie. Cependant, une fois adultes, leur existence leur appartient. La mienne aussi m'appartenait.

— Il prend mal que tu aies vendu la maison, n'est-ce pas?

J'avais vendu la maison à un professeur de l'université nouvellement divorcé. La transaction comprenait une grande partie des meubles. Effrontément, en apercevant toutes ces boîtes empilées près des murs du salon, Daniel m'avait lancé que «je me débarrassais de son enfance». Pourtant, j'avais proposé à mes fils de prendre tout ce qu'ils souhaitaient. Nicolas était parti avec le mobilier de son ancienne chambre à coucher, Josée avait choisi quelques morceaux de vaisselle et emporté toutes les plantes vertes. Quant à Daniel et Béatrice, ils n'avaient rien voulu conserver. «Pas si important que ça, les souvenirs d'enfance», m'étais-je dit.

— Le problème, c'est que je dois livrer la maison un mois après mon retour de vacances et que j'ignore complètement où m'installer.

— Où souhaites-tu habiter? demande Mireille.

— À vrai dire, je ne sais pas trop. Je croyais avoir le temps d'y penser, mais la maison s'est vendue si rapidement. Ça ne m'angoisse pas. Je veux prendre ce temps de vacances pour y réfléchir. Je n'exclus pas de louer pendant quelque temps, un chalet par exemple, parce que je ne veux pas me retrouver prisonnière d'un bail lorsque j'aurai trouvé ce qui me convient. Je n'ai pas vraiment envie de rester à Sherbrooke. J'aimerais peut-être Québec, mais je ne connais pas cette ville. Et puis, il y a la façon dont je veux occuper mon temps qui est important. J'aimerais trouver une école où je pourrais continuer l'aide aux devoirs comme bénévole. J'aime tellement maintenir ce contact avec les enfants, ça m'empêche de m'encroûter. Mais dis-moi, Mireille, toi qui as changé de région depuis ta retraite, est-ce une décision que tu prendrais à nouveau si c'était à refaire ? Tout recommencer dans un nouveau patelin alors que tu es seule ?

— Je te dirais oui, sans hésitation. Pourquoi tourner le dos au changement sous prétexte qu'on n'est plus dans la prime jeunesse ? Je me suis éloignée des enfants, mais pas beaucoup plus qu'avant. Nos rencontres sont moins fréquentes, mais plus intenses, et je dirais même, plus chaleureuses. Quand on se voit, on est cent pour cent ensemble. Ça donne une qualité de présence très riche. Et puis, comme je reste maîtresse de mon temps, rien ne m'empêche d'aller les visiter ou de leur donner un coup de main quand c'est nécessaire, surtout qu'ils habitent la même ville. Comme dernièrement, avec l'arrivée du bébé, je viens de passer trois semaines chez mon fils. Et puis, Anne a fini par venir habiter à Maria avec son amoureux, ç'a été rempli de beaux moments en famille.

J'enviais Mireille pour la complicité entre ses deux enfants. Elle le méritait. Elle en parlait très peu, mais pendant des années, la distance de sa fille et le froid entre ses deux enfants l'attristaient souvent. Elle a maintenant une famille unie et sereine, beaucoup plus près les uns des autres malgré l'éloignement géographique. Mon amie a poursuivi :

— Si tu détermines d'abord ce que tu désires, ce que tu souhaites faire, quel genre de vie tu veux mener, un lieu se précisera petit à petit.

— Sans doute. Toutes ces décisions, tous ces petits gestes accomplis depuis le décès de Bernard, c'est comme si j'avançais sur une nouvelle route. Disposer des avoirs d'un défunt proche oblige à revisiter son existence.

— C'est d'apprendre que tu étais devenue propriétaire d'un condo en Floride qui t'a fait cet effet?

— Non! Ça a été comme ça tout au long de ce ménage. Je me rendais compte à quel point Bernard figurait toujours à l'avant-plan dans les événements de famille. À côté de lui, on devenait presque invisible. Il parlait fort, avec l'enthousiasme du décideur. Il savait organiser, prendre les devants, trouver les arguments. Le condo, c'est à la toute fin que j'en ai trouvé les papiers, quand j'ai vidé le coffre-fort.

— Il voulait te faire plaisir!

— Sans doute, mais réalises-tu à quel point c'était mal me connaître, ou faire fi de ce qui comptait vraiment pour moi? Il y avait fait allusion, tu te

rappelles ? Je t'en avais glissé un mot. Bernard dé-
testait l'hiver et voulait fuir dans le Sud durant la
saison froide. J'étais prête à y passer deux ou trois
semaines, mais pas la moitié de l'année. J'étais
ouverte à ce qu'il y reste de plus longs moments. La
location m'apparaissait comme la meilleure avenue.
Je souhaitais trouver un compromis pour que chacun
de nous puisse profiter d'une retraite satisfaisante.

Mireille m'écoutait, silencieuse, attentive comme
toujours. Le repas était savoureux, la salle était
remplie d'un doux bourdonnement de babillage.

Le serveur apportait le café et le dessert. Le Bistro
était bondé et animé. Grâce à Mireille, je suis tombée
sous le charme de cet endroit. Nous avions décidé
d'écouter le *band* un moment avant de prendre la
route pour nous rendre au chalet. Mireille connaissait
l'Auberge, mais pas ses charmantes dépendances, et
j'avais hâte de lui faire découvrir mon petit coin de
paradis des vacances. J'ai croisé l'un des musiciens en
me dirigeant vers la salle de bain ; le spectacle était
sur le point de débuter. En me lavant les mains, j'ai
entendu un doux rythme jazzé, puis une voix, qui
entonnait *Le p'tit bonheur :* j'ai souri à l'image dans
le miroir. En revenant à ma table auprès de Mireille,
j'ai figé sur place.

CHAPITRE 12

Thomas

J'ai parcouru le trajet vers la Gaspésie en me demandant pour quelles raisons je venais à l'Auberge encore cette année. Le confort de l'habitude ? Une envie de revoir ces gens si bienveillants et toujours à l'affût de mes besoins ? L'espoir de croiser à nouveau Élizabeth ? Durant toute l'année, j'avais espéré un mot d'elle. Rien ! À cause de l'anniversaire du décès de Michelle, j'ai retardé la date habituelle de mes vacances. C'était aussi une manière de passer à autre chose. Mais est-ce vraiment possible quand la partie la plus importante de ma vie s'est envolée, quand j'ai l'impression de me maintenir dans un état de macération, un mélange de culpabilité, de regrets, de honte et de tristesse ? Je ne souhaite pas juste passer à autre chose, je le veux, c'est une question de survie émotionnelle. Une fois de plus, l'enseignement m'a sauvé du naufrage. Le contact de ces jeunes remplis de rêves et de projets devant une existence qui s'étire à l'infini pour eux, ça me fait un grand bien. Je sens que j'ai une responsabilité envers eux. Parce que, jeune étudiant, j'ai eu des professeurs qui ont fait une différence pour moi. Parce que je refuse de présenter une image d'éteignoir. Retourner à l'université après la douleur d'avoir perdu Michelle m'a demandé des efforts inouïs, mais j'ai fini par en ressentir les bienfaits. Comme si cette attitude un brin optimiste bloquait le chemin qui risquait de me mener vers la dépression. Alex est demeuré deux semaines à la maison et Cynthia s'y est aussi installée quelque temps avec sa famille. Incroyable comme leur présence m'a aidé à reprendre possession de ma vie. Ma fille avait une façon de voir à tout en me consultant constamment. Sans compter le joyeux tumulte des jumeaux, ces rayons de soleil sur deux pattes, infatigables complices pour essayer de me faire rire. Mon fils m'accompagnait pour de longues marches. En soirée, il sortait parfois le jeu d'échecs. Alex est peu bavard, mais depuis qu'il est adulte, je le sens vraiment avec nous. Il ne semblait pas pressé de repartir.

Quand j'ai accroché le calendrier de la nouvelle année, un déclic s'est produit. Pour la première fois depuis plus de quinze ans, je me suis senti plus léger, délivré. Était-ce normal d'éprouver un tel soulagement parce que j'étais maintenant libéré de la responsabilité de veiller sur quelqu'un de fragile et de vulnérable? Il y a si longtemps que je n'étais plus le mari de Michelle, en réalité, j'étais devenu un aidant. L'obligation de ce rôle avait fini par tuer progressivement toute trace d'amour conjugal. C'était le sentiment du devoir qui avait maintenu notre lien.

Avant de reprendre les cours en janvier, j'ai fait un séjour dans le Vieux-Québec. Je souhaitais visiter une exposition au Musée de la civilisation, je voulais aussi arpenter les vieilles rues en touriste. Quand je suis entré dans la librairie Pantoute, mon cœur s'est arrêté de battre quelques instants. J'ai cru reconnaître une silhouette. Mirage ! Quand la dame s'est retournée, se rendant compte que je l'observais, elle m'a jeté un regard de suspicion. À partir de ce moment-là, mes pensées sont revenues souvent vers Élizabeth. J'aurais aimé la revoir, la connaître davantage, j'avais espéré qu'elle m'enverrait un mot, car j'avais laissé mon adresse courriel dans mon message. Je me demande où elle prendra ses vacances cette année.

Dès mon arrivée à l'Auberge, je vois que le petit chalet est loué à un couple aux allures d'adolescents, et un nuage de déception passe au-dessus de ma tête. Dans celui de gauche, celui à deux étages, deux hommes déchargent les bagages d'une fourgonnette. Devant celui de droite, une voiture vert lime est garée près du grand conifère. J'ai demandé une autre chambre que celle que j'occupais habituellement, car elle contient trop de souvenirs. Je vide rapidement mes valises avant de repartir vers Percé. Je dois rejoindre William et Bruno. Notre *band* monte sur scène en soirée, et ce, pour les trois prochains soirs. Je les retrouve au chalet de Bruno avec grand bonheur, ils sont en forme. Bruno avait fait un arrêt à la Maison du pêcheur pour rapporter une pizza aux fruits de mer que nous avons mangée en préparant notre programme musical. Il y a longtemps que je ne me suis pas senti aussi bien. Les compagnes de mes amis revenaient d'une randonnée au moment où nous avons pris la route ; moins de cinq minutes en voiture nous séparaient de L'Anse-à-Beaufils.

Je ne sais trop que penser de cette première soirée à la Vieille Usine. Comme c'est le jour anniversaire du décès du grand Félix, nous avons amorcé notre répertoire par un pot-pourri de ses chansons. Nos voix s'enchaînaient à tour de rôle au fil des titres. Dès le début, le public a marqué son approbation par des applaudissements enthousiastes et certains ont fredonné avec nous. Puis, mes amis ont dû s'ajuster rapidement, car j'avais changé l'ordre des titres que nous avions sélectionnés. Pendant le dernier couplet du *P'tit bonheur*, la chanson qui bouclait l'hommage à Félix, ils ont bien vu que quelque chose se passait, je ne les regardais pas comme j'aurais dû le faire en terminant ce numéro. Je fixais le fond de la salle, où une silhouette émergeait dans la pénombre. Mon cœur a bondi, car cette fois, il ne s'agissait pas d'un mirage. J'ai indiqué à mes amis que je chanterais la prochaine pièce en leur montrant une partition. Les notes de *Nature Boy* sont sorties de la guitare de Will, puis j'ai fait face à l'auditoire. J'ai perçu une hésitation, mais elle s'est dirigée vers une table pour rejoindre une dame. Je n'arrivais pas à déchiffrer son visage. L'été dernier, j'avais chanté cette même chanson en m'adressant au fantôme de cette femme, et ce soir, elle était là, bien réelle.

À la pause, j'ai fait signe à mes amis de me suivre, puis, je me suis rapidement rendu jusqu'à elles.

— Bonsoir Mesdames, ai-je dit plongeant le regard dans celui d'Élizabeth. Vous accepteriez notre compagnie durant la pause?

— Avec plaisir, c'est un honneur! a répondu sa compagne, d'un geste qui nous invitait à prendre place. Ne changez surtout pas votre répertoire. Bravo pour l'hommage à Félix, j'ai beaucoup apprécié.

— Merci, ai-je répliqué. Élizabeth, je suis heureux de constater que vous aimez la Gaspésie.

— Bonsoir, Thomas. Oui, j'ai découvert la Gaspésie et j'affectionne ce coin, mais c'est ma première visite ici. Voici Mireille, une amie.

Mes compagnons nous ont rejoints et, après les présentations, nous nous sommes retrouvés tous les cinq autour de la table garnie de bouteilles de Perrier. La nervosité faisait battre mon cœur. Il y avait de l'effervescence. Mireille et William animaient la discussion qui tournait autour de la Gaspésie et de la musique. Des clients s'arrêtaient pour demander une pièce ou donner leur appréciation. J'aurais préféré un peu plus de calme pour ces retrouvailles, j'aurais voulu savoir où elle logeait. Quelle était la durée de son séjour? Pourrions-nous reprendre ce souper manqué? Je la sentais distante, elle parlait peu. Je lui trouvais quelque chose de changé, mais, à la lueur du lumignon, j'ai vu que ses yeux abritaient toujours un monde étoilé. Nos vingt minutes d'entracte étaient écoulées. En me levant, je me suis adressé à Élizabeth:

— Une demande spéciale?

— Vous connaissez *Prélude inachevé*? a-t-elle suggéré, une mélodie d'André Gagnon.

— On débute avec cette pièce, spécialement pour vous, a répondu William pendant que Bruno et moi retournions à nos instruments après leur avoir souhaité une bonne soirée.

Cette musique ne fait pas partie de notre répertoire de vacances. Je lui trouve un air de tristesse, des notes de regret, des accords de nostalgie. Mais William, en digne admirateur d'André Gagnon, connaît par cœur toutes les compositions de cet artiste et semblait heureux d'avoir l'occasion d'en jouer une. J'étais content qu'il puisse combler le souhait d'Élizabeth, mais pourquoi ce titre? J'avais l'impression qu'elle faisait référence à notre rendez-vous manqué avec une pointe de reproche. Cependant, Michelle adorait ce titre, et elle lui donnait un autre sens. Quelque chose d'inachevé n'est pas nécessairement laissé en plan si on continue de le parachever, de le polir, de lui accorder sans cesse de l'attention et des soins. Tout le contraire que de s'asseoir sur ses lauriers… ou de laisser tomber. Durant toute cette ballade instrumentale, je sentais constamment le regard de mes amis dans ma direction, comme s'ils s'attendaient à une fausse note de ma part et restaient sur le qui-vive pour tenter de la rattraper. Notre complicité habituelle a repris sa place quand nous avons enchaîné avec la suite du répertoire prévu.

Le reste de la soirée, son amie Mireille s'est montrée enthousiaste; elle applaudissait avec énergie et chantonnait parfois avec nous. Élizabeth me paraissait ailleurs, réservée, pleine de retenue. Pourtant j'avais gardé le souvenir d'une femme amusante, joyeuse, pétillante. M'étais-je trompé? Ou bien y avait-il autre chose?

Après notre prestation, j'ai rapidement rangé mes instruments avant de me rendre à la table d'Élizabeth et de son amie: à ma grande déception, elles étaient déjà parties.

Chapitre 13

Élizabeth

Ce n'est pas la première fois que je partage des moments de vacances avec Mireille. Ici, dans ce chalet, je me sens chez moi, comme si je la recevais. Pourtant, après deux jours de cohabitation, j'ai l'impression que mon amie devient l'hôtesse. La musique matinale de Grieg me réveille, tout en douceur. L'arôme du café s'infiltre dans mes narines. Puis, s'ajoute une odeur de rôtie en même temps que j'entends un « clic ». Je saute du lit aussi promptement que la tranche de pain qui vient de rebondir du grille-pain.

— Bonjour, Mireille. On ne devait pas déjeuner à l'Auberge ?

— Oui, mais j'avais un p'tit creux et… il y a quelque chose que j'aimerais aborder avec toi avant qu'on y aille. Un café ?

— Oui, merci. Tu as un air bien mystérieux.

— Pas autant que toi, chère Élizabeth. J'ai laissé passer les deux dernières journées avec la langue qui me démange, pensant que tu me ferais des confidences. Mais je ne veux pas repartir avant que tu m'aies parlé de ce musicien. Tu savais qu'il était client à l'Auberge?

— Oui, c'est un habitué, il vient ici depuis plusieurs années.

— Ah!

Je savais que Mireille attendait une réponse, elle était en droit d'en savoir davantage. Devant mon silence, elle a poursuivi:

— Et? a-t-elle demandé doucement en me touchant le bras.

— Et bien quoi? Il n'y a rien à dire.

— Tu en es certaine?

Mireille sait lire en moi mieux que quiconque. Je ne lui avais pas parlé de Thomas. J'avais honte d'avoir été évincée de la sorte l'été dernier et le silence était une façon de tourner la page. Du moins, c'est ce que je pensais, jusqu'à ce que je le revoie. Maintenant, le doute s'infiltrait. J'ai beau simuler le désintéressement, cet homme ne me laisse pas indifférente. Alors je raconte à Mireille notre rencontre de l'été précédent, nos brèves discussions, l'invitation à souper où je me suis retrouvée à faire le pied de grue, toute seule.

— Et pourtant tu es revenue ici, dit Mireille quand mon histoire a pris fin.

— J'aime cet endroit, il a produit sur moi un effet magique. Et puis, je ne suis pas venue aux mêmes dates que l'année dernière. J'ai choisi en fonction de la disponibilité de ce chalet. Les habitués optent en général pour les mêmes dates.

— Donc, tu y avais pensé !

— Oh ! Mireille. Je ne me reconnais pas. Les battements de cils, les états de pâmoison, ce n'est pas moi, ça !

Mireille a rapproché sa chaise de la mienne et m'a pris la main.

— Cet homme produit un effet sur toi. C'est visible malgré tes efforts pour laisser croire le contraire. Et je ne serais pas surprise qu'il éprouve quelque chose de semblable à ton endroit. Depuis combien de temps n'as-tu pas écouté ton cœur ?

— Depuis mon séjour de l'an dernier, un bref moment. Depuis, ma tête a décidé que je serais le seul maître de ma vie. Mireille, je ne suis pas habituée à écouter mon cœur, ma tête a toujours eu le dernier mot.

— Oui, je sais. Si tu mettais un peu au rancart ton côté rationnel ? Vois-tu, j'ai la conviction que l'intuition, ça se développe si on apprend à l'écouter. Élizabeth, j'ai le pressentiment que Thomas te fait signe.

— Mireille, ce souper devait être simplement pour passer un agréable moment de vacances. Pour moi, il était inaccessible parce que non disponible. Pourtant, son absence m'a terriblement remuée.

— Écoute, Élizabeth, cet homme ne me paraît pas du genre à laisser quelqu'un en plan sans une bonne raison. Et crois-moi, j'en ai vu. Il a dû se passer quelque chose. De plus, je ne lui trouve pas l'allure d'un dragueur. Je te le répète, son attitude me dit que cet homme te fait des signes.

— Mais toi, ça fait longtemps que tu es seule. Tu n'as jamais rencontré quelqu'un qui t'ait fait vibrer ?

— Non, pas vraiment. La vie, c'est comme quand tu es en voiture, avec de jeunes enfants qui jacassent, qui bougent, tu te concentres sur la route sans te laisser distraire par ce que tu croises. Tu avances un peu en pilote automatique. Je crois que c'est ce qui m'est arrivé. Puis, la vie a passé.

Mireille a vécu pratiquement toute son existence de femme en solitaire. Veuve à vingt-neuf ans avec deux enfants, elle a dirigé toute son énergie et son attention vers sa famille. Pourtant, elle traverse les années avec grâce. Je comprends mal qu'une telle femme soit sans compagnon. Alors que moi, j'ai été mariée de longues années, nageant dans ce que je croyais être le bonheur, et tout cela a fini par m'engourdir. Je goûte cette solitude dans laquelle j'apprivoise une nouvelle liberté de penser et de décider. Aucun vide affectif ne m'habite, du moins c'est ce que je crois. Et je présume qu'il en sera ainsi jusqu'à la fin de ma vie. Après un bref silence, Mireille a poursuivi :

— Tu sais, quand Alain est mort, nous étions jeunes et encore follement amoureux. Pendant des années, j'ai porté cette image dans mon cœur et je suis demeurée amoureuse de mon mari, amoureuse d'un fantôme. Personne ne m'aurait intéressée parce que je maintenais Alain sur un piédestal. Le temps a passé, les enfants ont grandi, j'ai pris de l'âge. Et puis au travail, j'ai vu des femmes plus âgées que moi se comporter en adolescentes pour plaire à un homme, à faire presque n'importe quoi pour gagner son cœur. Je trouvais ça tellement déplacé. Pour moi, l'amour est essentiel entre un homme et une femme pour parler de couple. Rien à voir avec le désir irré-pressible d'avoir un homme dans sa vie pour éviter de faire face à la solitude.

— Mais l'amour, le vrai, l'amour avec un grand A, tu y crois à notre âge ?

— Oui, bien sûr. Mais il est différent de celui de nos jeunes années. Je t'avoue qu'il m'arrive parfois de rêver de rencontrer un cœur esseulé qui s'accorderait au mien, quelqu'un avec qui le courant passerait à cause de valeurs et d'intérêts partagés pour construire des projets ou des rêves, si minimes soient-ils. C'est bien de vieillir à deux, je crois que ça aide à adoucir la vie. Tu veux un autre café ?

— À mon tour de remplir nos tasses. Pourquoi ce n'est pas à toi que cela arriverait plutôt qu'à moi ? Je viens à peine de retomber solidement sur mes pieds ? dis-je en me relevant prestement.

— Parce qu'il y a des esprits ou des âmes qui sont faits pour se rencontrer. Comme notre amitié qui a pris naissance au cours d'un voyage des sociétés d'horticulture. Toi, une enseignante de Sherbrooke, et moi, une serveuse à Lévis. Regarde où on en est maintenant, tu es devenue ma plus précieuse amie, Élizabeth. Peut-être qu'une telle chimie est en train de se produire à nouveau pour toi ?

— Tu crois ? Dis donc, traînerais-tu une poudre magique dans ton sac à main ? Parce que tu es dans les parages quand cette chimie, comme tu dis, survient dans ma vie.

— Ah ! Voilà mon arme secrète dévoilée !

Mireille fait mine de verser de la poudre dans ma tasse, empruntant une mimique théâtrale. Je pouffe de rire tandis qu'elle me regarde d'un œil rieur avant d'éclater de rire à son tour. Nous restons un moment assises l'une contre l'autre sur le sofa à écouter le silence qui enveloppe la pièce. Le soleil filtre à travers les fenêtres, les mouettes rivalisent avec le roulis de la mer qui se déverse sur les cailloux pour clamer sa présence. J'ai mené en observatrice ma vie de femme mariée, aujourd'hui je m'aperçois que j'aurais pu la vivre autrement. Depuis un peu plus d'un an, j'avais attrapé les rênes du contrôle avec beaucoup de rationnel et j'avais tenu les cordons serrés. Plus rien ne me distrairait pour que j'apprivoise la vraie autonomie. Mireille a peut-être raison, lâcher prise me demanderait un effort. Cependant, je n'ai rien à perdre, et surtout pas de temps. Mais avant tout, je ne veux pas m'éloigner de cette nouvelle liberté. De ça, je suis certaine.

Mireille a préparé ses valises avant qu'on se rende à la salle à manger. Thomas est demeuré absent de notre conversation au profit de sujets plus terre à terre. Au cours de la dernière année, Mireille et moi avions vendu toutes les deux notre maison. Mon amie avait pris la direction de Charlevoix.

— Mireille, j'admire ton audace à t'envoler vers un nouvel horizon, partir vers une région complètement inconnue.

— Ç'a été un vrai coup de cœur, c'est loin d'un coup de tête. Après cette première fois où j'avais découvert le coin avec ma fille, j'y suis retournée à quelques reprises pour être certaine que c'était bien là que je voulais m'installer.

— Comment être certaine que c'est le bon endroit?

— Tu sais ce que tu veux faire de ta retraite, alors essaie de dénicher l'endroit où tu pourras vivre tes aspirations. Et… oublie ton âge.

— Bon point. Quand je pense que pour mon fils aîné, la vieillesse surgit subitement avec le rôle de grands-parents. Même si j'ai tourné le cap de la soixantaine, même si l'enseignement est derrière moi, il me reste un bon bout de route à parcourir et je souhaite explorer tout ce que la vie peut m'offrir.

— Ce n'est pas pour rien que tu as croisé cet homme encore une fois cette année.

— Tu as sans doute raison.

Les commentaires de Mireille me forçaient à plonger au fond de moi. Mon amie était une archéologue de l'âme humaine, et cela m'obligeait à mettre à nu ce que ma conscience avait enfoui : être femme, c'est se sentir aimée. Il était beaucoup trop tôt pour parler de sentiments entre Thomas et moi. Pourtant, Mireille avait raison, il y avait entre nous une attirance réciproque.

Ce déjeuner était gargantuesque et nous l'avons savouré avec gourmandise. Je suis ensuite sortie reconduire Mireille à sa voiture, le cœur rempli de reconnaissance envers cette amie. J'aperçois une silhouette remontant le sentier qui mène à la grève, une tasse à la main. Thomas ralentit son pas en venant dans notre direction. Mireille s'arrête à sa hauteur, je la laisse mener la discussion. Je suis encore chamboulée par tout ce qui émerge d'émotions suite à notre conversation. J'observe l'homme à travers mes verres fumés et je me demande laquelle de nous deux il regarde derrière ses lunettes d'aviateur. J'apprends qu'il est arrivé une semaine avant moi et qu'il joue à nouveau avec son *band* dans la soirée. Je l'entends souhaiter « Bon voyage » à mon amie, puis il se tourne vers moi et ajoute :

— Nous aurons sans doute l'occasion de nous revoir et… peut-être de reprendre ce souper.

— Peut-être. Bonne journée.

Mireille le salue plus chaleureusement que je ne l'ai fait. Malgré mes airs distants, j'espère reprendre ce moment avec lui. Mais d'abord, j'ai besoin de savoir pourquoi il m'a laissée tomber de la sorte. Mireille croit qu'il doit avoir une bonne raison, alors, de quoi s'agit-il ?

CHAPITRE 14

Thomas

Après avoir vu Élizabeth dire au revoir à Mireille, j'avais l'intention de lui rendre visite, histoire de briser la glace, car je la sentais toujours distante. Je l'ai plutôt vue prendre place dans sa voiture vert lime. Pourquoi ai-je le sentiment qu'elle fuit ? Quand je l'avais repérée durant notre prestation, une bouffée d'enthousiasme m'avait submergé. Un fantôme était venu, m'enlevant la chape de plomb qui couvrait mes épaules. J'y ai vu un signe du destin. Mes amis ont noté que quelque chose se passait. Quand nous avons recommencé à jouer après cette pause, j'ai compris que William et Bruno sentaient qu'un courant magnétique circulait entre Élizabeth et moi. Je leur suis reconnaissant de leur silence après cette soirée, mais je sais bien que leurs questions surgiront tôt ou tard.

À la fin du spectacle, la table désertée m'avait déçu, mais il y avait sans doute une raison. Au cours de la soirée, j'avais appris qu'elle séjournait dans un chalet encore cette année, et je souhaitais ardemment reprendre ce souper. Je ne sais que penser de la brève rencontre de tout à l'heure quand elles sont sorties de l'Auberge, Mireille s'est montrée amicale, alors qu'Élizabeth m'est apparue distante, encore une fois. Je suis allé me changer avant d'emprunter à nouveau le sentier près des chalets pour me rendre sur la grève.

La marée descendait et, sur le rivage mouillé et durci, je suis parti au pas de jogging. Courir vidait mon esprit de ses préoccupations et m'aidait à mieux réfléchir. J'ai ralenti pour traverser la petite rivière et j'ai poursuivi mon parcours en m'arrêtant au pied de la falaise. Assis sur le sable, le dos appuyé à une immense roche, j'ai laissé le vent souffler sur mon visage en attendant que la cadence de mon cœur diminue. Quand ma respiration s'est accordée au rythme des vagues, j'ai repris lentement le chemin du retour. Comment retrouver ce climat de charmante camaraderie que nous avions connu l'été dernier ? Des phrases se formulaient dans ma tête. Inlassablement, je les répétais comme un mantra pour les figer dans mes pensées. Le ton me semblait juste. J'avais besoin de dissoudre les points d'interrogation.

De retour dans ma chambre, j'ai transcrit mes idées sur papier. Une version, puis une deuxième. Quand la troisième m'a semblé au point, je suis allé la livrer sur-le-champ. Élizabeth n'était pas de retour. J'ai pris un galet parmi ceux qui s'alignaient sur la galerie et je l'ai déposé par-dessus l'enveloppe, sur le pas de la porte. Impossible de la manquer. Regardant les alentours, je me suis faufilé à travers la végétation qui m'arrive presque à la taille. J'ai cueilli des marguerites et des asters en attachant la gerbe avec des tiges de blé de mer. J'ai placé ce bouquet à côté de l'enveloppe où le nom d'Élizabeth apparaissait en grosses lettres. Puis, je suis allé chercher un livre avant de m'installer dans la balançoire sur la galerie de l'Auberge afin de profiter de cette radieuse journée.

Un va-et-vient s'agite constamment autour de moi. D'autres clients flânent pour le simple plaisir de lire le journal ou de boire leur café. Deux voitures se dirigent vers le chalet à deux étages : ce sont probablement des gens en visite chez les vacanciers qui ont loué. Harvey me salue avec sa casquette en entrant avec une glacière. Quelques minutes plus tard, je le vois venir dans ma direction, tenant précieusement sa boîte de fer-blanc dans une main. Il s'assoit près de moi.

— Goûtez-moi ça, dit-il en soulevant le couvercle.

— Oh ! Le sucre à la crème de Mathilde. Une occasion spéciale ?

— C'é t'y pas bon en péché ? fait-il en prenant lui aussi un morceau pour m'accompagner. Quand j'amène des touristes à pêche avec moi, elle en prépare toujours. Après-midi, j'y va avec ses cousins du Nouveau-Brunswick. Mon truck est dans l'chemin, j'vous laisse. Bonne journée !

— Alors, bonne excursion, Harvey. Et merci !

Le pêcheur n'est pas sitôt parti qu'un client installé tout à côté de moi commence à me résumer l'article de journal qu'il vient de terminer. J'écoute distraitement, car mon attention est attirée par une voiture verte qui contourne lentement le camion de Harvey. J'essaie de rester poli avec mon interlocuteur. Puis, j'aperçois Élizabeth, tenant deux sacs de provisions au bout des bras. Je la vois disparaître vers l'entrée de son chalet. Mon voisin finit par entrer dans l'Auberge. Une fois seul, je tente de plonger à nouveau dans la lecture. J'en suis à relire le même paragraphe quand je sens une présence à mes côtés.

CHAPITRE 15

Élizabeth

Lorsque je reviens de mes courses, l'allée de l'Auberge est en partie obstruée par un camion de livraison. Je dois me concentrer pour le contourner en évitant de faucher les cosmos qui bordent le sentier. Dans mon champ de vision, j'entrevois des silhouettes sur la galerie, les gens profitent du soleil. C'est ce que je compte faire dès que les provisions seront rangées. En déposant l'un de mes sacs au sol pour sortir ma clé, je m'immobilise : un bout de papier et des fleurs sauvages attirent mon regard. Ce n'est certainement pas le vent qui les a fait atterrir ici sous un galet. Un état de confusion s'empare de moi. Même ramolli, le bouquet est ravissant. Je le dépose rapidement dans un verre à bière rempli d'eau. Le temps de déballer les sacs, de ranger et de préparer un panier pour partir sur la plage, les fleurs sont toutes ragaillardies. Je m'assois en tenant l'enveloppe dans les mains et ne sachant que penser. Ça ressemble à Mireille, ça, de glisser ainsi un message à mon insu, cependant je ne reconnais pas son écriture. Je me sens perplexe et, le cœur battant, je découpe doucement le dessus avec la pointe d'un ciseau.

La calligraphie est soignée, le texte aéré. Un mot m'hypnotise, la signature : *Thomas.* Pourquoi ce billet alors que je me trouve à côté et qu'il lui suffirait de frapper à ma porte ? Les secondes se transforment en minutes sans que j'arrive à lire autre chose que la signature. Brusquement, je me rends à la fenêtre de la chambre, celle qui donne sur la galerie de l'Auberge. Je ne vois personne qui lui ressemble parmi les clients que j'aperçois. Songeuse, je retourne au fauteuil et je m'absorbe dans la lecture de ce message avec un sentiment étrange.

Bonjour Élizabeth,

Je suis heureux de constater que vous avez succombé au charme de cet endroit puisque vous y êtes revenue. J'en suis ravi ! J'avais grandement apprécié les brefs moments passés en votre compagnie.

Pourtant, cet été, je ne sens plus cette complicité naissante entre nous et je vous sens distante, cela me désole. J'aimerais comprendre pourquoi. Mon départ précipité de l'été dernier est dû à un bouleversement hors de mon contrôle, impossible à prévoir. Je n'ai qu'un vague souvenir du contenu de ce message que je vous avais adressé. Il était sans doute rempli de confusion. Si c'est le cas, vous m'en voyez désolé.

Sachez que c'est avec grand plaisir que j'aimerais reprendre ce souper que je vous avais proposé l'an dernier.

Sincèrement,
Thomas B.

Des mots s'accrochent dans ma tête : bouleversement, message, confusion. Je ne saisis pas le sens de cette missive, mon esprit s'embrouille. Serait-ce sa spécialité de créer ainsi une espèce de sentiment trouble ? La seule façon de le savoir est de vérifier directement à la source.

Je sors avec l'intention de me rendre à la réception quand mon regard est attiré vers la balançoire qui oscille à l'extrémité de l'immense galerie. Il est là, plongé dans un livre. Je m'approche doucement. À l'ombre que je projette sur sa page, il lève la tête. Cette fois, aucun verre solaire ne fait écran pour interpréter le regard de l'autre. J'ignore ce qu'il déchiffre dans mes yeux. Pour ma part, je vois une étincelle de joie, de la candeur, de la sincérité, le tout illuminé par un radieux sourire.

— Bonjour, Élizabeth.

Je réponds d'un hochement de la tête. Il cesse le balancement et d'un geste de la main, m'invite à prendre place. Puis il aperçoit le feuillet que je tiens toujours dans une main. Je m'assois sur le siège, face à lui. Il reste silencieux et son visage est chaleureux. Je finis par plonger.

— Eh bien, pour être franche, je ne comprends pas trop le sens de votre mot.

J'espère que ma voix a bien traduit le sentiment d'ambiguïté qui m'habite plutôt que la contrariété. Un long silence ponctué de gêne se glisse entre nous, ses yeux me scrutent, comme pour lire en moi.

— Élizabeth, l'an dernier, le jour où l'on devait manger ensemble, Camille m'attendait dans un grand état d'agitation quand je suis revenu de Gaspé : un appel urgent à retourner. C'était ma fille. Je suis parti dans l'heure qui a suivi. Mais je vous avais écrit un mot pour excuser mon absence. Camille devait vous le remettre.

Abasourdie, je réponds bêtement :

— Jamais reçu ce mot…

— C'est bien ce que je pensais ! Ça m'est passé par la tête quand j'ai senti votre distance l'autre soir à la Vieille Usine, vous êtes parties si rapidement, vous et votre amie. Et puis, cette réserve toujours présente ce matin. Pourtant, je n'avais rien perçu de tel l'été dernier.

Thomas ne me dit rien sur les raisons qui ont précipité son départ, j'en déduis que sa fille devait avoir un problème important, très important pour qu'il parte ainsi.

— Je crois qu'il s'est passé quelque chose à l'Auberge ce jour-là et que Camille n'a pu terminer sa journée.

— Je me souviens que ce n'était pas elle qui était à l'accueil quand je suis venue pour souper. L'appel de votre fille, c'était grave ?

— Plutôt, oui.

Il ne dit rien de plus. Je vois sa pomme d'Adam déglutir.

Dès que je m'étais assise en face de lui dans la balançoire, il avait refermé son livre. Je ne sais combien de temps nous sommes restés ainsi, à laisser la brise jouer dans nos cheveux, à suivre un flot de conversation, parfois discontinue. Après un silence prolongé, le dialogue a pris un ton plus léger jusqu'à ce que l'on convienne de passer au « tu » et d'aller nous promener sur la grève. Il a pris la direction de la réception pour aller déposer son livre, mais il s'est soudainement retourné pour revenir sur ses pas.

— Élizabeth, je comprends maintenant que mon absence à ce rendez-vous t'ait froissée. Si on reprenait ça ? Demain soir.

Je lui ai répondu par un signe de la tête et un sourire. Pour changer le rythme, au lieu de marcher sur la grève, nous avons emprunté la petite route qui mène au bout de la plage publique. Nos pas s'accordaient, jusqu'à ce qu'il s'arrête brusquement pour me faire face. Son visage était triste.

— Élizabeth, l'appel de ma fille…, c'était sa mère, ma femme Michelle se trouvait aux soins intensifs. C'est là qu'elle est décédée peu après mon arrivée.

Cette confidence a complètement balayé mon scepticisme et j'ai ressenti un élan de compassion immense pour cet homme.

— Comme je suis désolée ! C'était prévisible ?

— Pas vraiment, physiquement elle allait bien. Rupture d'anévrisme. Elle s'est éteinte doucement sans avoir repris connaissance.

— Ç'a dû être difficile pour toi et ta fille… est-ce ta seule enfant?

— J'ai aussi un fils. Pour les enfants, comme pour moi, c'est une mort qui nous a fait vivre des sentiments contradictoires. Depuis des années, Michelle vivait avec des séquelles importantes d'un traumatisme crânien sévère.

En marchant près de cet homme, en l'écoutant, je prenais conscience du drame qui avait marqué sa vie. Je sentais qu'il avait aimé cette femme, profondément.

— J'avais rendu visite à un ami cette même journée, il savait ses jours comptés et restait malgré tout serein.

La pensée concernant cet ami dont il m'a parlé avec admiration a fait bifurquer la conversation sur ses étudiants, puis vers son fils, sa fille et ses petits-fils, des jumeaux. Ensuite, notre rôle respectif de grands-parents, ma maison vendue et le déménagement qui m'attendait ont fait un bout de chemin dans notre conversation.

Pendant longtemps, un grand héron dans les marais salants a capté notre attention, nous invitant au silence dans ce moment de recueillement. Le volatile a pris son envol au passage de piétons.

— Il y a quelque chose de majestueux dans l'envol du héron, dis-je quand l'oiseau s'est trouvé hors de vue.

— Dans son *Histoire Naturelle,* Buffon le décrit comme un oiseau taciturne dont la peine intérieure laisse une empreinte de tristesse jusque sur sa figure.

— Je ne savais pas. Tu connais bien les hérons ?

— J'aime m'instruire sur les êtres que je côtoie. Depuis que je fréquente ce coin, j'en ai appris beaucoup sur tous les visiteurs de ces marais.

Nous avons repris la route. Je voyais un présage dans la présence de cet oiseau à ce moment précis. L'été dernier, j'aurais trouvé une similitude entre cet homme et le héron. À ce moment-là, Thomas dégageait quelque chose que je n'arrivais pas à déchiffrer. Le héron m'a fait comprendre que c'est la tristesse qui habillait son visage. Maintenant, je saisissais pourquoi. Thomas utilisait un guide sur les oiseaux où le symbole relevait de la psychologie animale. Alors que moi je m'intéressais au langage d'un autre type de représentation. Ce n'était pas la première fois que je rencontrais un héron.

— Tu sais, dis-je, j'ai appris à lire dans les dessins. Avec les enfants, certains thèmes sont universels, mais une année, j'ai eu un petit garçon qui dessinait constamment des oiseaux, de toutes les sortes. Il était arrivé à l'école au milieu de l'automne et se mêlait peu aux autres. Sa solitude m'attristait, cependant il ne semblait pas en souffrir. Après le congé de Noël, il a commencé à reproduire des hérons. D'une grande réalité, il avait vraiment du talent. Il les illustrait immobiles, sur leur patte, comme ce héron tout à l'heure. Puis il s'est mis à les représenter en vol.

J'étais sidérée par la précision de ses images, pour m'apercevoir qu'il feuilletait des livres de zoologie pour les observer. Je l'avais questionné sur son intérêt pour cet oiseau. Il en avait vu dans un dessin animé, mais jamais dans la réalité. Intriguée, j'en avais parlé avec la psychologue de l'école. C'est elle qui m'a appris à lire dans les dessins. Le héron est le symbole de la résurrection, un annonciateur de bonnes nouvelles.

— Eh bien, ça, je l'ignorais.

— L'inconscient dispose de beaucoup de pouvoir, il nous envoie sans cesse des messages. Malheureusement, la plupart du temps, on n'en tient pas compte, par ignorance. Moi aussi, j'aime fouiller et j'ai découvert que c'est à l'Égypte ancienne que l'on doit cette interprétation. Dans les semaines qui ont suivi, j'ai appris que la mère de cet enfant luttait contre un cancer et que la rémission s'était confirmée en même temps que l'envol des hérons dans les dessins de son fils. Puis les sujets de ses croquis ont changé. Il crayonnait toujours des oiseaux, mais des variétés qu'il observait près de chez lui : des parulines jaunes, des geais bleus, des paons qu'il avait vus au zoo. À mesure que la couleur emplissait ses esquisses, il devenait plus souriant et se faisait des amis.

— C'est fascinant de constater à quel point, sans s'en rendre compte, on peut dévoiler des aspects de soi.

— Comme dans la musique, par exemple ? dis-je d'un ton malicieux.

—Je ne sais pas. Certaines chansons racontent une histoire, d'autres expriment des sentiments. La musique a un impact sur nos états d'âme, elle module notre humeur. Notre cerveau y réagit. Et notre cœur aussi, paraît-il.

Le rythme de la mer a entraîné un autre temps de silence, brisé par la cacophonie quand nous sommes passés près d'une maison où des gens s'affairaient à des travaux de rénovation. Des voix tentaient de se faire entendre malgré le tumulte des vagues et le vacarme d'une scie ronde.

— Cette chanson que tu chantais quand je suis revenue à ma table l'autre soir…

— *Nature Boy?*

—Je crois, oui. Cette chanson m'a remuée, c'est difficile à expliquer, je…

Nous venions d'atteindre le sentier qui mène à l'Auberge. Il s'est arrêté et m'a saisie doucement par les épaules en me tournant face à lui, le regard plongé dans le mien. J'ai senti ma gorge se nouer quand il a commencé à chantonner. Tout d'abord, juste le murmure des notes, puis il a ajouté quelques paroles en anglais. Un silence a suivi avant qu'il reprenne, en français cette fois.

> *Il y avait un garçon…*
> *On dit qu'il errait loin, très loin*
> *Par-delà les terres et la mer*
> *Un peu timide et une tristesse dans l'œil*
> *Mais très sage il était*

Et puis un jour
Un jour magique il croisa son chemin
Mmmm… Mmmmmm

— Élizabeth, cette chanson ne faisait pas partie de notre répertoire de la soirée. Mais la partition est toujours au milieu de mes feuilles. Quand je t'ai aperçue, comme une apparition dans la salle, instinctivement, je l'ai rapidement trouvée dans le lot et je l'ai montrée à William et Bruno. L'improvisation, ça n'est pas dans mes habitudes, mais ils ont aussitôt entamé les premières notes et m'ont laissé la chanter. D'habitude, c'est Will qui l'interprète. Toi et cette chanson… ça me semblait… indissociable.

Je ne savais que penser, mais il se passait là quelque chose que je n'avais absolument pas prévu. J'étais émue, touchée, j'ignorais comment réagir. Tous mes moyens se dérobaient. Mais je crois que mon silence, l'émoi dans ma gorge qui avalait péniblement et le léger voile qui a brouillé ma vue ont traduit ce que je n'arrivais pas à mettre en mots. Il a rompu le silence une fois sur le site de l'Auberge.

— C'est un moment magique ! S'il te plaît, emballe-le dans ton cœur jusqu'à demain. Je dois partir, c'est le dernier soir du *band* pour la saison.

Il m'a raccompagnée jusqu'au chalet. Tendrement, il a pris mon visage entre ses mains, puis il a plongé son regard dans le mien et a déposé un doux baiser sur chacune de mes joues.

Il m'a dit au revoir en me souhaitant une bonne nuit avant de reculer de deux pas et de tourner les talons. Quand il a disparu derrière la porte de la réception, je suis entrée à mon tour. Mon cœur battait plus fort que la mer. Comme demain était loin !

Chapitre 16

Thomas

J'ai mis du temps à m'endormir, tant une fébrilité inusitée m'habitait. Je me réveille plus tard qu'à mon habitude. Attendant mon petit-déjeuner dans la salle à manger, je repense au visage souriant d'Élizabeth. J'aurais aimé passer cette journée en sa compagnie, mais je devrai patienter jusqu'à l'heure du souper. Je dois me rendre à Percé. Une sortie planifiée depuis un moment avec William et Bruno pour un tour de l'Île Bonaventure en kayak. Plein soleil et pas un souffle de vent, donc aucun motif de désistement. D'autant plus que la suggestion de cette excursion vient de moi. J'avale rapidement une brioche, des fruits et un café avant de prendre la route. La petite voiture verte est invisible.

La compagnie de mes amis et la présence des milliers de fous de Bassan occupent mon esprit. Plutôt que de contourner l'île par la mer, nous allons en direction du quai où nous laissons nos embarcations, et nous parcourons à pied le sentier qui longe la colonie d'oiseaux. Will souhaite prendre des clichés en prévision d'une exposition de photos amateurs. Les vacances de la construction sont terminées et le mois d'août entrera bientôt dans sa seconde moitié, mais malgré cela, le flot des touristes est dense. Un groupe de Français nous suit. Nous ralentissons pour les laisser prendre une bonne longueur d'avance afin d'éviter ce croassement de voyageurs, dans la mesure où ce sont les oiseaux que nous voulons entendre.

Il est presque deux heures à notre retour à Percé et j'ai l'estomac dans les talons. William nous entraîne vers une table extérieure au casse-croûte. Nous nous régalons de l'une de leurs fameuses « guedilles » de homard.

— Hé ! les gars, venez donc manger au chalet ce soir. Je suis certain que Claudie sera ravie, surtout que je suis le chef désigné, je cuisine ma pizza aux fruits de mer.

— Dommage, c'est impossible pour moi, a dit William. On part très tôt demain matin et, comme d'habitude, notre dernier souper est partagé avec nos voisins de vacances.

— Impossible pour moi aussi, j'ai déjà une réservation pour ce soir, ai-je ajouté.

— Si tu les avises maintenant, je crois qu'à l'Auberge, on pourra sans doute installer d'autres clients à ta table.

— D'autres clients, oui. Mais ce serait au risque de me retrouver sur une liste noire.

— Voyons donc, répond Bruno. Depuis le temps que tu es client de cet endroit. Je ne peux pas croire…

— Pas sur la liste noire de l'Auberge, Bruno. Sur celle d'une dame que j'ai invitée.

Mes amis savent que j'ai dû faire faux bond à Élizabeth l'été dernier. Ils l'ont rencontrée quelques jours plus tôt et se doutent qu'elle ne me laisse pas indifférent.

— Alors les amis, je m'engage à vous renouveler cette invitation l'été prochain, mais cette fois-là, vous serez prévenus avec un peu plus de délai. Un souper à six, ajoute-t-il en me regardant avec insistance.

— Attends de voir où j'en serai, dis-je en riant.

C'était notre dernière rencontre de l'été. Nos assiettes vidées, William a sorti le grand cahier qui nous servait de journal de bord. C'est là qu'il consignait les chansons les plus demandées, celles que nous souhaitions répéter l'année suivante pour renouveler notre répertoire ou celles à retirer.

— Bon ! Alors, bonne soirée, les gars, dit Bruno en me regardant avec un sourire de contentement. On se revoit dans le garage de William le deuxième samedi de septembre.

Quand j'amorce la montée de la côte abrupte qui m'éloigne de Percé, j'ai le sentiment de rouler vers l'inconnu. Un inconnu à la fois attirant et qui me rend nerveux. La voiture verte a retrouvé sa place. J'ai besoin d'une longue douche pour chasser l'odeur des oiseaux qui s'accroche dans les cheveux, pour dessaler mon visage que les vagues ont léché et contenir l'impatience qui me chatouille l'intérieur. Je souhaite de tout cœur que la magie de la veille se poursuive.

Un peu avant l'heure de notre rendez-vous, je gagne son chalet. Elle aurait pu me rejoindre directement à l'Auberge, mais je tenais à ce rituel d'une autre époque, celui d'aller à la rencontre de son invitée. Et je veux lui faire oublier ce souvenir de l'an passé où elle a cru que je la laissais « poireauter ».

Nous prononçons d'abord un simple « Bonsoir » de politesse. Son regard pénétrant est posé sur moi. Elle est jolie dans sa robe fleurie, son hâle de vacances rend ses yeux encore plus brillants.

— Je suis presque prête, mets-toi à l'aise le temps que je finisse de me préparer.

Son sourire s'éloigne vers la salle de bain.

Malgré toutes ces années au Coin du Banc, je ne suis jamais entré dans l'un des chalets. Tout comme l'Auberge, l'âme d'une autre époque y habite. Un endroit où se retrouvent des meubles démodés, mais encore confortables, et où des vieilleries hétéroclites sont parsemées ici et là pour créer une ambiance à la fois champêtre et éclectique des plus chaleureuses. Curieusement, je trouve l'endroit charmant. Dès mon entrée, j'ai eu l'impression qu'Élizabeth y avait mis son empreinte. Un bouquet de fleurs sauvages trône au centre de la table, des livres, des magazines et des cahiers sont empilés sagement sur la table basse, des CD sont déposés près de la lampe. Sur une étagère, je remarque des tubes de peinture ; une tasse à café ébréchée et remplie de pinceaux voisine quelques petites toiles vierges adossées sur le chambranle. Des roches s'alignent sur le bord d'une fenêtre et tiennent compagnie au bouquet qui accompagnait ma missive. Il a su résister au manque d'eau, cela me réjouit, car j'y vois un bon présage. Je m'approche des pierres ; sur l'une d'elles, je reconnais la reproduction du chalet d'à côté, celui qu'elle occupait l'été dernier. Élizabeth est de retour dans la pièce, un châle sur l'épaule et un petit sac à la main.

— Je peux ? dis-je, en pointant le galet peint.

— Bien sûr !

Que d'application dans ce minuscule tableau ! Mon regard se promène du dessin au bâtiment voisin. Les moindres détails y sont tracés : l'ombre du toit, le motif des rideaux dans les fenêtres, le contour de chaque bardeau.

— C'est ravissant, j'en déduis que l'endroit te plaît.

— Qu'est-ce qui te fait dire cela ?

— Habituellement, les artistes reproduisent ce qu'ils aiment, ou ce qui les touche, ou ce qui les émeut. Ou bien un symbole, un souvenir à conserver.

— C'est juste !

Silence. J'aurais souhaité qu'elle précise davantage sa pensée, qu'elle développe un peu plus. J'ai l'impression qu'elle se retient.

— Prête ? lui demandé-je pour déranger ce silence qui s'installe et qui commence à ressembler à un malaise.

Je ne veux pas que l'inconfort teinte la soirée. Je me sens bien auprès de cette femme et je désire prolonger cet état le plus longtemps possible.

Comme très souvent les beaux soirs d'été, la salle à manger bourdonne de conversations sur un fond de musique jazzée.

— Bonsoir, Monsieur Thomas, Madame Élizabeth. Votre table sera prête dans quelques minutes.

— Merci Camille, on va attendre dans le salon.

Je prends doucement le bras d'Élizabeth pour l'entraîner vers la pièce. Une fois assise sur le canapé, elle se met à observer les lieux. Ses yeux s'attardent sur les objets antiques, sur les photos, sur des extraits d'articles de journaux qui mentionnent l'Auberge et qu'on a laminés pour garnir un pan du mur lambrissé.

En me penchant vers la table de centre, je sors quelques-uns des albums photo. Les premières années que je venais ici, j'accomplissais un rituel, celui de les feuilleter pour reculer dans le temps, à la façon dont on regarde les vieux clichés pour raviver des souvenirs.

— Si tu aimes les photos, il y a ici de quoi te contenter. Voici les albums de famille, dis-je. Certains clichés pris par des clients sont magnifiques !

— Oh ! j'adore observer des photographies. Y en a-t-il sur les débuts de l'Auberge ? J'aime en apprendre sur l'histoire d'un endroit. Souvent, sans dire un seul mot, les images parlent beaucoup.

Ces albums laissés à la disposition des clients peuvent longtemps être oubliés sur leur tablette ou sur le comptoir de la réception. Il suffit que quelqu'un assouvisse sa curiosité pour causer un effet d'entraînement. Un été, ils ont trôné en permanence sur le dessus de la table de centre plutôt qu'à leur place habituelle.

Élizabeth s'incline pour ranger un album et en saisir un second quand quelque chose attire mon attention. Je reste interdit et je pose ma main sur son bras pour que rien ne soit déplacé. Là, entre deux albums photo, j'aperçois le bout de papier couleur de sable. Comme dans une fouille, avec une grande précaution, je tire sur le coin. Il y a un peu de résistance, comme si c'était collé, puis le morceau cède.

C'est bien l'enveloppe, MON enveloppe. Élizabeth m'avait paru incrédule quand je lui avais raconté cette histoire de message. Par politesse, je crois, elle a gardé une certaine réserve et s'est abstenue de tout commentaire. L'enveloppe est toujours cachetée.

— Je pense que je ne saurai jamais comment cette enveloppe s'est retrouvée là, il a dû y avoir un vrai branle-bas pour que cela se produise. Peu importe, voilà le mot que j'avais laissé pour toi… avec à peu près un an de retard.

Elle saisit l'enveloppe que je lui tends. Après un long moment, elle plonge ses beaux yeux bleus dans les miens et finit par dire :

— On est vraiment à une autre époque ici, même le courrier s'est égaré dans le détour d'un sentier.

Nos rires éclatent dans un chœur qui balaie mes dernières inquiétudes.

— Votre table est prête, annonce Camille, la tête dans l'encadrement de la porte.

Le charme se poursuit toute la soirée. Je me sens vivant, vibrant et je remercie la vie d'avoir à nouveau croisé le chemin de cette femme. Nous étions tombés d'accord pour éviter d'aborder nos existences « d'avant » au cours de ce premier souper. J'ai simplement répondu à sa question sur les raisons de l'absence de ma femme durant mes vacances et j'ai précisé à quel point les séjours en Gaspésie me permettaient de survivre.

— Tu sais, après l'accident, j'ai trop longtemps attendu un miracle qui ne s'est jamais produit. Avec les années qui passent, l'enthousiasme, l'énergie, le goût de continuer s'échappaient de moi. Un goutte-à-goutte imperceptible qui finit par user. Rien ne venait m'alimenter, si ce n'est ces trois semaines en Gaspésie.

— Je comprends. Je sais maintenant à quel point cet endroit peut être source de guérison.

Élizabeth est sensible, curieuse de tout, rieuse, à la fois réservée et expressive. Quand elle parle, ses mains s'animent légèrement et ses yeux étincellent. Elle transpire d'un enthousiasme qui m'envahit. Sa compagnie me procure un bien immense. Nous retournons au salon pour prendre un café digestif.

— Merci pour cette merveilleuse soirée, Thomas. Il y a tellement de moments fortuits entre nous…

— C'est aussi ce que je constate et j'y vois un signe, comme un chuchotement qui nous dit de prendre soin de cette magie qui s'est installée.

— La magie n'est parfois qu'illusion. Si on essayait plutôt de la transformer en…

Elle tripotait l'enveloppe dans ses mains.

— Tu sais, ce souper manqué, ce message égaré qui m'a maintenue dans l'ignorance de ce qui s'était passé, eh bien ç'a été un grain de sable dans mes vacances.

Un malaise plane à nouveau au-dessus de moi. Elle s'en rend compte et poursuit d'une voix si douce et si apaisante qu'il s'enfuit comme un nuage.

— Ne t'inquiète pas, je ne lui ai pas permis de m'irriter, sinon, je ne serais probablement pas revenue. Ce séjour m'avait fait un si grand bien que je n'ai pas voulu laisser ce grain se transformer en caillou. Cette magie que tu m'as demandé d'emballer hier, toute la journée elle a habité mon esprit. Cet enchantement, ta présence, cette soirée, eh bien, ce sont des couches de nacre qui commencent à envelopper le grain de sable.

— Si je comprends bien, ce que tu proposes, c'est qu'on essaie de métamorphoser la magie en… perle?

— C'est un peu ça.

— La perle est un joyau de la mer. Quelle belle analogie!

Camille arrive avec un plateau chargé de deux cafés irlandais. Notre bulle vient de se dissiper. Nous avons tous les deux l'émotion au creux des yeux et au fond de la gorge. Je pose ma main par-dessus la sienne, celle où gît l'enveloppe et j'ajoute :

— Je souhaite couvrir ce grain de sable d'une infinitude de couches de nacre.

Aucun de nous n'avait de projets définis pour le reste du séjour. Simplement un abandon devant ce qui se présente, au gré de la température. Comme d'interminables balades sur la plage, des moments d'évasion dans la lecture, un peu de baignade et de kayak, ou comme paresser doucement au soleil ou nous rendre occasionnellement à Percé.

J'aime tout ce que propose Élizabeth et je crois que c'est réciproque.

Deux jours après notre premier souper, elle a préparé un pique-nique. Nous avons arpenté la grève jusqu'à Barachois et flâné un long moment sur la pointe de sable, à l'embouchure des marais, là où la marée haute vient brasser les eaux marécageuses et leur fournit cette salinité unique. J'ai écrit trois mots sur le sable encore mouillé des vagues qui se retiraient, *Pointe des confidences.* Je savais que les vagues les effaceraient, mais ces mots resteraient gravés dans mon cœur pour longtemps, indélébiles. J'ai fait honneur à ce goûter préparé avec soin : bouchées à saveur de mer, pâté de truite fumée, fromage des

Îles, salade de fruits frais parfumée au kirsch. À ce moment, j'ai eu la certitude que je pouvais lui ouvrir mon cœur.

— Michelle et moi, ç'a été le grand amour jusqu'à l'accident. Mêmes valeurs, même complicité. J'étais heureux d'avancer dans l'existence à ses côtés.

— Je comprends, après l'accident, c'est comme si tu t'étais retrouvé avec une personne étrangère.

— C'est exactement ça. Peu de gens sont en mesure de le saisir. Mais depuis son décès, je m'efforce de rester concentré sur cette période où notre amour s'était épanoui. Quand je vais déposer des fleurs sur sa tombe, c'est à celle que j'ai aimée que je rends visite. Graduellement, l'image de cette femme brisée par un accident s'estompe.

— Je trouve ça constructif, ton attitude de chercher à garder le meilleur.

— Je l'espère. Ça n'enlève rien aux séquelles qui ont stigmatisé notre famille, ni à toutes ces années remplies uniquement de responsabilités, d'inquiétudes et de chagrin. Mais cette représentation-là devient de plus en plus floue à mesure que passent les mois.

Après Hubert, Élizabeth a été la première à qui j'ai révélé tout l'impact de l'accident sur Michelle. Le fait qu'elle ait dû réapprendre à s'habiller, à manger seule, à parler, mais pas comme autrefois. Je lui ai fait part de mon malaise face à certains regards méprisants parce qu'elle avait parfois la démarche de quelqu'un qui a bu à cause de troubles d'équilibre, ou devant ses maladresses en public.

De l'impact de l'accident sur nos enfants qui n'avaient plus réellement de mère. Cynthia qui était devenue vigilante et comme responsable de mon bien-être. Alex qui vivait les choses sans démontrer ses réactions, se refermant presque complètement.

— Malgré ce drame, j'ai eu de la chance, celle d'être bien entouré. Mes beaux-parents se sont beaucoup occupés des enfants. Julie, notre voisine, est devenue importante, j'allais conduire Michelle chez elle en partant pour l'université. L'été, la famille de Michelle prenait le relais pour me permettre ces vacances à l'Auberge.

— Tu es quelqu'un d'admirable, Thomas.

— Oh! Je crois que je suis plutôt quelqu'un qui a le sens du devoir très aiguisé.

Je me sentais en confiance pour lui parler ouvertement de toute l'implication de ce virage obligé, de ma vie d'époux à aidant avec son lot de frustrations et de désarroi, de la grande solitude et de l'impact de ce choc sur nos enfants. Je lui ai dévoilé mes sentiments en lui disant que je n'avais jamais réussi à surmonter le deuil d'une personne et que maintenant, j'arrivais doucement à faire celui de la femme que j'avais aimée passionnément. Je voulais éviter de diluer ce que j'avais vécu avec Michelle. Après l'un des longs silences qui avaient ponctué mon récit, j'ai plongé dans le regard océan d'Élizabeth. J'y ai lu une infinie compassion. C'est, je crois, ce qui m'a donné le courage de lui avouer cet éclair qui avait traversé mon esprit le temps d'une soirée, une idée folle. Une soirée qui couronnait une journée si difficile, une journée où tous mes espoirs et tous mes rêves avaient été balayés, anéantis. Je me suis senti en terrain suffisamment solide pour prendre le risque de cette confession.

— C'était le jour de la marmotte et je pensais à ce film où une journée se rejoue sans cesse, invariablement pareille à la précédente. Ma vie ressemblait à ça.

J'ai hésité un peu avant de continuer. J'ai senti la main d'Élizabeth comme un encouragement à poursuivre. Ce n'était pas de la curiosité de sa part. Plutôt le souci de m'aider à crever un douloureux abcès.

— Les enfants étaient chez leurs grands-parents. Je ne sais pas combien de temps j'ai pleuré dans le noir, incapable de retenir mes sanglots. J'ai pleuré en maudissant Dieu de l'avoir laissée vivre. Alors je me suis imaginé que si c'était à refaire, avec ce que j'avais durement appris, j'aurais choisi de la laisser partir. Par la simple force de mes pensées, j'imaginais que je retardais l'arrivée de l'ambulance. Je la tenais dans mes bras pour l'aider à prendre son envol dans cette autre vie. Bien sûr, j'aurais eu le cœur brisé, mais l'image de celle que j'aimais serait demeurée intacte. Au moins, j'aurais pleuré celle que j'aimais, Michelle, mon amante. Je serais resté avec les meilleures images de cette femme qui m'avait comblé. Les dernières années avaient effacé le beau et le merveilleux dans notre couple, laissant germer la tristesse et l'amertume.

Élizabeth a écouté ma voix étranglée sans m'interrompre, sans chercher à remplir les vides de mes hésitations. Jusqu'à maintenant, j'ai surtout rencontré des gens que ces silences rendent inconfortables et qui tentent de les combler à tout prix. Pas elle. Par cette attitude, je la sens attentive et j'ai la certitude qu'elle comprend réellement le désarroi qui a marqué une parcelle de mon existence.

Évacuer un trop-plein épuise, alors j'ai fermé les yeux et des larmes prisonnières de trop de douleur se sont échappées. La douce main d'Élizabeth les a séchées avant que le soleil ne s'en occupe.

Nous avons plié bagage pour retourner à l'Auberge par la route de terre battue ; une agréable quiétude nous accompagnait. À un moment donné, j'ai senti sa main se glisser dans la mienne, je lui ai rendu son sourire. Quelque chose en se soudant a balayé mes inquiétudes concernant cet abcès qui venait de crever et qui empoisonnait mon cœur. C'est alors que j'ai vraiment pris conscience qu'une guérison s'amorçait. Tout près de l'endroit où nous avions observé le grand héron quelques jours plus tôt, nous nous sommes assis sur un banc. J'étais étrangement calme et pour la première fois depuis l'accident, j'ai aperçu une lueur de sérénité. Mon ami Hubert croyait à la présence des anges autour de nous. Ma fille Cynthia également. Depuis le décès de sa mère, nos nombreuses discussions m'avaient aidé à comprendre ce qu'est la spiritualité, moi qui l'avais confondue avec la religion. Qu'en est-il pour la femme assise près de moi ?

— Tu sais quoi ? Mon ami Hubert aurait dit que mon ange gardien conspirait avec celui de Michelle pour la laisser quitter cette vie, et ainsi libérer de l'espace dans la mienne.

— Tu crois à ça, ces forces invisibles ?

— Je ne sais pas. Tu sais, Hubert, cet ami dont je t'ai parlé, il est mort quelques mois après ma femme, il est parti à son tour, deux jours avant de déménager dans une résidence. Il s'est endormi un soir et n'a jamais vu la journée suivante. S'il… S'il était toujours de ce monde, je passerais un moment avec lui dans sa chaloupe pour en discuter en attendant les poissons.

— Ton ami Hubert est le genre de personne que j'aurais aimé connaître, il m'apparaît comme un grand sage, un genre de Merlin.

— Merlin, ce n'était pas un magicien ?

— Oui, mais selon les représentations qu'on lui donne, il ressemble davantage à un sage.

— Curieux comme une forme de magie se pointe à nouveau. Et précisément à cet endroit !

Élizabeth a souri avec un balancement de la tête entendu.

— Tu sais quoi ? L'été dernier, j'ai passé ma dernière journée en Gaspésie à la pêche avec lui. Il avait insisté pour que je rapporte du poisson. J'avais l'intention de te l'offrir. Hubert l'avait enveloppé dans du papier journal avec de la glace sèche pour qu'il supporte le trajet. Eh bien, j'ai complètement oublié ce poisson. Ce n'est qu'une semaine plus tard en reprenant ma voiture que l'odeur me l'a rappelé.

— C'est pour ça que tu as changé de voiture ?

— Non, dis-je en riant. Mais il a fallu un bon ménage et plusieurs sapins de carton pour en venir à bout.

Ce soir-là, j'ai pris un premier repas au chalet. Une agréable odeur traversait la porte moustiquaire quand j'ai frappé doucement pour m'annoncer.

— Entre et fais comme chez toi, m'a crié Élizabeth de la salle de bain.

J'étais passé sous la douche pour retrouver mes esprits et m'assurer que je ne me trouvais pas dans un mirage. Élizabeth avait dressé une jolie table et enfourné un saumon en papillote. Je l'entendais fouiller dans la salle de bain. Une musique de Mozart s'échappait d'une chaîne stéréophonique, en harmonie avec le refrain des vagues omniprésentes. Le bâtiment surplombait la plage, et de la fenêtre je voyais la mer comme si j'avais pris place sur le pont d'un paquebot. Je me suis retourné lorsqu'une odeur de lavande a parfumé la pièce.

— Bonsoir, Thomas, bienvenue dans mon antre. Je peux t'offrir une bière, une sangria ?

— Bière.

Elle rayonnait ! Quel âge pouvait-elle avoir ? Sûrement pas plus que la mi-cinquantaine. Elle m'a indiqué un fauteuil devant la fenêtre, puis elle a servi nos deux verres et sorti une assiette de bouchées du réfrigérateur avant de s'asseoir dans le siège voisin du mien.

— Merci, dis-je. Tu as un talent pour créer une agréable ambiance.

— Aux moments de magie! a-t-elle ajouté en frappant son verre de sangria contre ma chope. Si l'ambiance te plaît, c'est que tu es bien et cela me réjouit. Et merci de le souligner. C'est un peu comme une seconde nature pour moi, je trouve ça important. Mais jamais on ne l'a mentionné.

J'avais mis mon âme à nu avec cette femme. Je lui ai laissé voir mes angoisses, ma vulnérabilité et je n'ai rien caché de la place que Michelle avait occupée dans mon cœur. Mais elle est demeurée encore pleine de mystère. J'avais décelé un changement depuis l'été dernier. Elle était à la fois identique à ce que j'avais perçu et différente. En mieux. Un peu comme ces agates sur la plage de L'Anse-à-Beaufils, quand les vagues leur donnent ce lustre qui en fait ressortir la beauté.

— Thomas, nous avons tous les deux des deuils à apprivoiser. Ne crois pas que j'essaie de taire mon passé. C'est que… je suis encore habitée par tes confidences d'aujourd'hui. J'en suis remuée, touchée, émue. J'ai besoin de laisser couver tout ça. Par respect pour ce passé qui est le tien. Tu as le deuil d'un être cher à faire. Mon plus gros deuil à moi ressemble davantage à des regrets que je tente d'évacuer.

Sur le coup, ses propos m'ont déçu, j'y ai vu une sorte de fuite malgré ce qu'elle disait. Et je conçois mal qu'une femme si rayonnante puisse nourrir des regrets. J'ai eu l'impression qu'elle lisait en moi quand elle a posé une main sur la mienne en ajoutant :

— Aujourd'hui, on a parcouru la *Pointe des confidences*. J'aimerais explorer *L'Île des révélations*.

— Je ne suis pas certain de comprendre…

— Je n'ai jamais mis les pieds sur l'Île Bonaventure, tu voudrais bien me la faire découvrir ? Mais je préférerais y aller autrement qu'en kayak.

— Ça me fera un immense plaisir d'y retourner avec toi. Mais le traversier laisse peu de marge de manœuvre pour visiter l'île à fond. On est lié à l'horaire. Cependant, il y a peut-être une autre façon…

— Quoi donc ? a-t-elle fini par demander devant mon silence.

— Je dois d'abord vérifier quelque chose, ai-je répondu. Je ne veux pas en dire davantage pour l'instant.

La soirée s'est terminée sur une note plus légère à parler de nos enfants, grands et petits, d'amitiés et de l'effet Gaspésie dans nos vies.

Nous étions sortis sur la galerie pour contempler le ciel parsemé d'étoiles. L'horizon s'était teinté d'une timide lueur. Une lune presque pleine traçait un reflet argenté sur l'eau, puis est devenue un disque orangé qui pâlissait à mesure qu'il s'élevait pour rejoindre les étoiles.

— Je n'avais jamais vu un tel spectacle, dit Élizabeth.

— Même si j'ai eu la chance de les admirer des di-zaines de fois, l'émerveillement est toujours présent.

Minuit approchait quand j'ai regagné l'Auberge. Bilan de cette journée et de cette soirée : tout se déroule à merveille depuis que j'ai revu Élizabeth. Après une heure à tourner dans mon lit, j'ai mis mon réveil, ce que je n'avais jamais fait en vacances. Je ne voulais surtout pas rater Harvey.

Chapitre 17

Élizabeth

C es dernières journées feront partie des inestimables souvenirs de ma vie. Deux jours de pluie ont suivi notre longue promenade à Barachois. Thomas avait suggéré d'attendre le beau temps pour découvrir les splendeurs de l'île. La seconde journée de grisaille, nous avons roulé jusqu'à Gaspé. C'était comme si je me déplaçais au pays des landes à travers cette épaisse brume, d'une densité que je n'avais jamais vue. Après le lunch, le brouillard s'est dissipé et un léger crachin nous collait au visage. Vêtue d'un ciré, de bottes de pluie et de mon chapeau de pêcheur, j'étais bien équipée pour arpenter les pistes du parc Forillon. Le temps pluvieux faisait fuir les touristes. Thomas m'a entraînée dans le sentier des Graves qui longe la mer. Les bruits prenaient une densité que je découvrais, comme si ces embruns emprisonnaient les sons pour les rendre plus intenses avant de les relâcher. Nous avons entendu le moteur d'un bateau avec l'impression qu'il était tout près. Des cris d'oiseau alternaient avec le chant d'une corne de brume, comme pour se répondre dans un code qui nous était inconnu. Soudainement, une tache rouge a surgi, nous étions arrivés au petit phare de Cap Gaspé. Nous sommes entrés comme deux enfants qui cherchent un abri dans une cabane.

— Je sillonne ce sentier chaque année, dit Thomas. C'est la première fois que j'ai l'impression de marcher parmi les fantômes dont les âmes sont restées captives de l'océan après le naufrage de leur bateau attrapé par une tempête.

— Oui, ça rend cet endroit très mystérieux.

— Aujourd'hui, on a à peine conscience que la piste est si près de la mer. D'ici, par temps clair, quand le regard s'attarde sur la ligne d'horizon, on peut y voir une légère courbe tellement on se trouve devant l'immensité. Une bonne raison pour y revenir.

— As-tu vraiment besoin d'une raison pour venir en Gaspésie ? Tu aimes beaucoup cette région, n'est-ce pas ?

— La Gaspésie m'a sans doute sauvé d'un naufrage. Cette année, j'y suis venu par habitude et durant le trajet, je me suis demandé quel effet ça me ferait de me retrouver à l'Auberge cette fois-ci...

— Et ?

— Et je t'ai revue. Je suis heureux que tu aies eu envie de revenir, d'avoir pu rattraper la méprise de l'été dernier et d'être ici, en ce moment, avec toi. Viens !

Thomas m'a prise par la main et nous avons escaladé les marches jusqu'au faîte du phare. On ne distinguait absolument rien, mais j'étais capable de l'imaginer.

— Ça donne l'impression d'être au bout du monde, dis-je. Tout ce silence, ce calme. Merci de m'avoir fait découvrir cet endroit.

— Malgré toute cette brume ?

— Oui, ça crée une atmosphère de mystère qui me plaît.

— Moi aussi j'aime bien les mystères, ils suscitent la curiosité, l'envie de savoir.

J'ai enlevé mon chapeau et plongé mon regard dans le sien. J'étais consciente qu'il faisait allusion à ma vie avant notre rencontre. Je souhaitais lui en parler sur l'Île Bonaventure, comme si un lieu mythique s'avérait nécessaire pour les confidences. Le temps pluvieux avait retardé notre excursion. Thomas ne me posait aucune question, la balle se trouvait maintenant entre mes mains, c'était à mon tour de lancer. Je ne voulais pas qu'il croie que je me défilais ou que je cachais quelque chose. Appuyée sur la main courante qui ceinture le minuscule habitacle où nous nous trouvions, je lui ai présenté l'ancienne Élizabeth. La jeune femme qui avait cherché à tout concilier en y mettant toute son énergie, en laissant guider sa vie par un époux gentil et généreux qui essayait de lui éviter tous les soucis du quotidien. Il savait bien s'y prendre. Insidieusement, l'habitude et la routine s'étaient transformées en traditions rigides, en une prison émotive. Il n'y avait plus de place pour permettre aux aspirations personnelles de s'infiltrer, ou si peu.

Puis, j'ai parlé de la femme sortie d'un profond sommeil après le décès de son mari. Aucun prince n'avait réveillé la Belle au bois dormant, mais s'était dévoilé le spectre d'une prise de conscience, celle d'être devenue l'étrangère de sa vie parce qu'elle avait décidé de si peu de choses.

— Le plus gros choc a été d'apprendre que j'étais propriétaire d'un condominium en Floride. C'est à ce moment-là que Mireille m'a parlé des chalets de l'Auberge. J'avais besoin de réfléchir, de faire le point et de choisir la direction à emprunter. Tu sais, je fais partie de ces couples qui se sont perdus de vue parce qu'ils ont tenu l'autre pour acquis, parce qu'ils n'ont pas pris soin de nourrir le feu. Pendant longtemps, j'ai cru que c'était dans l'ordre des choses que ça se passe ainsi. La passion, les projets communs et la complicité nous avaient désertés. En regardant tout ça, je me suis sentie bien vide et sans importance. Dans ma vie, j'étais surtout demeurée attentive aux autres. Je m'étais concentrée sur les difficultés rencontrées par les enfants à l'école, les chagrins et les joies des miens, les préoccupations et les idées de Bernard au travail, les doléances, les papotages inutiles de ceux que je côtoyais. J'étais l'oreille compatissante, l'esprit vigilant devant les besoins de mon entourage. Et moi, qui tenait compte de ce que j'exprimais ? Qui m'avait vraiment écoutée ? On avait retenu mes suggestions et mes conseils, les enfants m'obéissaient facilement, mais ce à quoi j'aspirais, ce que j'aurais souhaité, les émotions que je ressentais, eh bien ça tombait dans le vide, dans les limbes. Ignorance, oubli, banalisation, ma voix portait si peu dans cette sphère de ma vie, celle des émotions.

Le vent soufflait dans les fenêtres, nous étions maintenant assis sur le plancher. Pendant plus d'une heure, j'ai discouru ainsi sans interruption en livrant des parcelles de mon âme. Et là, j'ai pris conscience que si j'avais tant parlé, c'est parce que Thomas est un homme à l'aise avec les états d'âme et les émotions. Ce n'était pas la gêne qui était responsable de son silence. Cet homme comprenait que les émotions ont besoin de prendre de l'expansion pour mieux être dissipées par la suite. Sans cet espace, elles finissent par étouffer et empoisonner la vie ou la santé. Après une pause, j'ai poursuivi :

— Je me sens renaître depuis que je suis veuve.

— La solitude…, ça ne te pèse pas trop ?

— Bernard ne me manque pas, si c'est ce que tu souhaites savoir. Le sentiment de solitude quand il y a quelqu'un près de soi, c'est beaucoup plus difficile à supporter. J'ai de longs moments dans mon cocon, je les savoure, ils me nourrissent. J'ai de bonnes amies, les petits qui font encore partie de ma vie malgré la retraite, d'anciennes collègues avec qui j'entretiens des liens, mes enfants et mes petits-enfants. Tu sais, le bilan des dernières années de ma vie de couple, il me désole au plus haut point. Peut-être suis-je trop romantique? Cependant, il y a beaucoup d'aspects de ma vie qui me comblent. Globalement, je suis une femme heureuse et beaucoup de choses m'enthousiasment.

— Dès que je t'ai aperçue l'année passée, tu m'es apparue comme une personne qui rayonnait de joie de vivre, alors que j'avais perdu la mienne depuis des lustres. Quand je t'ai vue, j'ai eu envie de te côtoyer en espérant en être baigné. C'est drôle comme on s'imagine souvent que les gens qui semblent heureux mènent une existence idéale.

— Je pense que personne n'a une vie parfaite. J'ai longtemps cru que la mienne l'était. Aucun souci important, ni de drame, un travail que j'aimais, des enfants qui sont arrivés à l'âge adulte sans fausses notes et un mari qui me comblait beaucoup… matériellement.

La porte du phare a claqué, une toux rauque est montée jusqu'à nous. J'ai été secouée par un frisson d'humidité. Thomas m'a aidée à me remettre debout, puis il m'a serrée dans ses bras quelques instants, comme pour m'insuffler sa chaleur.

— Prête pour le retour?

D'un signe de tête, nous avons salué l'employé de Parcs Canada qui effectuait sa ronde. Le crachin avait cessé, mais l'air était saturé d'humidité. De timides rayons tentaient de percer les nuages. Des pans de ciel nous ont suivis le long de la côte. Quand nous sommes revenus à l'Auberge, le soleil dominait.

— Je pense qu'on pourra se rendre à l'île demain. Tu le souhaites toujours ?

Je crois que je pourrais aller n'importe où avec cet homme qui sait si bien écouter. Sa sensibilité me touche, sa prévenance m'émeut, sa douceur me rassure. Avec lui, je ne suis ni une mère ni une simple connaissance. Avec lui, je deviens une femme sous le regard d'un homme. Un sentiment nouveau qui remplit les vides laissés par mon mari. Nous sommes en vacances, un moment de l'année où l'euphorie peut parfois fausser les données. Y aura-t-il une suite ? Nous avions découvert l'autre « avant » notre rencontre, aucun de nous n'a abordé « l'après ».

La nuit avait complètement fait fuir le reste des nuages. Le lendemain, l'Île Bonaventure a été une magnifique découverte. Je sais que Thomas et le pêcheur qui approvisionne l'Auberge nourrissent, à défaut d'une réelle amitié, une chaleureuse complicité. C'est sur son bateau que nous avons fait la traversée.

— Prenez vot' temps. J'ai des filets à réparer pis des appâts à préparer.

Les regards échangés entre Harvey et Thomas ne m'ont pas échappé. Pour cette excursion, Thomas avait glissé le goûter que j'avais confectionné dans son sac à dos. Pendant la promenade, il m'a raconté l'histoire de l'île, celle des gens qui l'ont habitée avant qu'elle devienne un Parc national. Il m'a présenté les oiseaux rencontrés. Il en connaissait tous les noms. Comme je les confondais, il m'a appris à distinguer le goéland argenté, le goéland marin et la mouette tridactyle. Nous avons observé un attroupement de phoques qui se prélassaient sur un rocher au soleil. Je suis littéralement tombée sous le charme des fous de Bassan. Le sentier bordait la colonie des volatiles. L'odeur de leurs fientes m'a prise à la gorge, mais je l'ai oubliée rapidement. J'étais subjuguée par la densité de cette famille d'oiseaux marins. Je pouvais les contempler à moins d'un mètre. Leur regard gris et bleu me scrutait pendant que je m'émerveillais devant ces cous enlacés qui se faisaient la cour dans un concert de roucoulements. J'aurais aimé caresser leur plumage de mes doigts. Les photos que j'avais vues étaient loin de rendre hommage à la splendeur qui se trouvait sous mes yeux. Plus avant dans le sentier, assis sur une souche, on pouvait admirer leurs plongeons, tête première dans l'océan.

— Tout compte fait, je crois que le silence du phare convenait davantage que ce babillage cacophonique de l'île pour mes confidences.

Ma remarque a fait sourire Thomas.

— J'aurais eu les yeux trop occupés pour parler, c'est tellement beau !

— Chaque fois, a enchaîné Thomas, il y a quelque chose de différent. Tout est changement : le ciel, la mer, le mouvement des oiseaux, cette forêt. J'en retiens que… si je souhaite des confidences de ta part, une petite alcôve comme un phare déserté convient mieux.

Son dernier commentaire m'a remuée, il se montrait observateur et attentif à ce qui se passait. Je lui ai pris la main pour la dernière section du sentier qui était plus large et j'ai rajouté :

— Peut-être que ça compte, mais je crois que c'est surtout qu'une confidence, c'est un peu comme un fruit, il est préférable d'attendre qu'il soit mûr pour le cueillir.

Quand nous sommes remontés à bord, Harvey fumait une pipe en observant les oiseaux. Cet homme m'émouvait, il faisait partie de ce somptueux paysage. Malgré son âge, l'émerveillement l'habitait toujours. Au moment de débarquer à Percé, il nous a remis un paquet enveloppé de papier journal.

— D'à matin, pour vot' souper. Je l'ai sagement gardé dans la glace.

— Merci Harvey, ai-je répondu, pour la balade et pour le poisson.

— Tout le plaisir est pour moi, belle dame. Vraiment, le plaisir est pour moi.

De retour à l'Auberge, Thomas a proposé de cuire le poisson sur la plage. Il a préparé un feu et accumulé une réserve de bois près d'un immense tronc qui sert de banc. Je suis entrée dans le chalet, j'ai mis du riz à cuire et préparé des papillotes de légumes avant de descendre sur la grève. Il m'a confié la surveillance de la cuisson et s'est absenté quelques minutes pour revenir les bras chargés comme un mulet.

— J'ai tout ce qu'il faut pour la soirée. On devrait voir le lever de la lune vers dix heures.

Il a déposé un panier en osier près de l'âtre, puis il a sorti des sacs de couchage d'une poche de denim et les a posés sur le tronc. Son immense besace contenait aussi deux petits coussins. Il a pris place sur l'un d'eux avant d'ouvrir le panier.

— Moi qui me croyais trop romantique ! me suis-je exclamée.

— Tu as quelque chose contre le romantisme ?

— Pas du tout ! Dis-moi, tu traînes toujours cet équipement dans ta voiture ou tu t'y es préparé parce que tu as vu cette soirée dans une boule de cristal ?

— Non ! a-t-il répondu en riant, aucune de ces réponses. Les sacs de couchage sont à Cynthia. J'ai oublié de les lui rapporter après les avoir récupérés chez le nettoyeur. Pour ce qui est du panier à pique-nique…, je l'ai aperçu dans la vitrine d'une boutique à Gaspé au début de la semaine. Je me suis dit que je trouverais sûrement une occasion d'utiliser ce bel objet.

Ce magnifique panier à pique-nique était tout équipé, garni de vaisselle de porcelaine blanche, de deux coupes de vin, d'un service de couverts et d'une planche à découper. Un compartiment « petite glacière » dissimulait une bouteille de chablis, un citron et des tartelettes aux framboises, cadeau de

Mathilde. Une baguette et son petit pot de beurre, une gracieuseté de l'Auberge, de même qu'un bol de fruits frais complétaient son contenu.

— Si on dressait la table, a proposé Thomas.

Mon air ahuri a fait naître un sourire sur son visage. Sans un mot, Thomas a rassemblé quelques morceaux de bois flotté qu'il a recouverts d'épaisses planches délaissées par la mer. Comme un magicien sortant un foulard de sa manche, il a fait apparaître une nappe rouge à carreaux. Prestement, il l'a extraite d'un compartiment extérieur de son coffre aux trésors. J'étais impressionnée, littéralement éblouie.

L'odeur d'oignons s'échappait de la papillote, un immense galet réchauffé dans la braise servait de chauffe-plats à la casserole de riz. La grève nous appartenait. Thomas a ouvert la bouteille de vin. Je l'observais préparer le poisson, deux beaux morceaux de morue et de gros pétoncles nacrés que Harvey avait ajoutés au fond de l'emballage. Cet homme savait-il que de tous les présents de la mer, le pétoncle était mon favori ? Thomas a laissé les légumes sur le réchaud improvisé. Le beurre grésillait dans le papier aluminium, donnant une teinte dorée aux aliments qui cuisaient. Ça sentait l'océan, le poisson frais et le bonheur. J'ai tranché le pain et Thomas a monté les assiettes à la manière d'un chef. Après les avoir déposées sur la nappe, avec une fourchette, il a piqué le citron légèrement réchauffé par la chaleur de feu.

— Un soupçon ou une grosse giclée ?

— Sur le poisson seulement.

Il a pressé le fruit et une petite rigole citronnée a dégouliné dans mon assiette.

— Merci, c'est fabuleux, ai-je dit après une première bouchée. Tu cuisines souvent comme ça sur la plage ?

— C'est arrivé avec Hubert quand on revenait de la pêche, mais c'était beaucoup plus rudimentaire que maintenant. Je suis content que tu aimes.

— Le menu me plaît, mais aussi l'ambiance. Ce mélange de simplicité et de raffinement.

Une fois les aliments cuits, Thomas a continué de nourrir le feu. Le crépitement, la chaleur qui s'en dégageait, la clameur de l'océan, le soleil qui baissait doucement…, je goûtais un moment de perfection.

C'est ma dernière soirée en Gaspésie ; Thomas poursuit son séjour une autre semaine. Nous avons parlé de nous revoir, car nous souhaitons donner une suite à notre histoire. Ces derniers jours m'ont apporté une lourde charge d'émotions. Je me sens aspirée par le courant d'un bonheur inattendu, inespéré. Pas à mon âge ! Et pourquoi pas ? Je n'ose formuler le mot *amour*. J'essaie de me convaincre que c'est seulement une belle amitié. Mais au fond, je sais que c'est trop intense pour de l'amitié. Même s'ils ne riment pas, le mot *amour* s'accorde avec un autre mot qui me hante : *sexe*. Un mot que j'ai effacé de mon carnet de vie depuis longtemps, quelque chose de mort dans mon existence. Et pour toujours. Qu'en est-il pour Thomas? Son attitude ne ressemble pas à celle d'une simple amitié.

Ces questions m'avaient tourmentée une partie du trajet de retour qui avait suivi notre randonnée au phare. Mais je refuse de laisser l'angoisse m'étreindre.

Je vais repartir chez moi, la poussière va retomber en même temps que tout cet émoi. Mais où ce sera chez moi? La maison est vendue, je compte la vider à mon retour et je n'ai pas trouvé l'endroit où construire un nouveau nid. En s'approchant, Thomas vient interrompre ma réflexion.

— Les tartelettes sont chaudes comme si elles sortaient du four.

— Tu prendrais un café avec le dessert? ai-je proposé.

— Avec une larme de brandy, a répondu Thomas.

— Oh! ça, je n'en ai pas.

— Moi si.

Il m'a accompagnée dans le chalet pour y laisser la vaisselle sale et il est reparti veiller le feu pendant que je préparais du café. Thomas n'a pas fini de me surprendre. Quand je suis revenue sur la plage avec une tasse dans chaque main, le trajet était jalonné de pots Mason dans lesquels il avait disposé des bougies chauffe-plats. Une lampe tempête éclairée d'une chandelle trônait au centre de la table. Les tartelettes attendaient dans leur assiette. L'effet de stupéfaction m'a clouée sur place, j'ai été incapable de dire quoi que ce soit. Thomas a pris les tasses et les a déposées, puis il m'a enlacée par les épaules et nous avons fait face à la mer.

— Je ne voulais pas que tu trébuches maintenant que la pénombre nous enveloppe. Regarde, l'horizon commence à se colorer.

— Thomas, tu es si… Thomas, j'aime ton romantisme.

Il n'a dit mot et m'a fait asseoir sur la bûche qui servait de banc. Il a aromatisé mon café avant de me tendre la tasse. Au bout de la mer, la lueur grandissait pendant que j'avalais avec gourmandise le savoureux dessert. Puis, la lune a commencé à se profiler. Immense et magnifique, on aurait dit un gros cantaloup. Je la voyais bouger à mesure qu'elle montait doucement en pâlissant et devenait plus petite. Elle allait saluer les étoiles. La tasse et l'assiette vides, abandonnées sur la table, je me suis approchée de Thomas en déposant ma tête sur son épaule.

— Merci pour cette magnifique soirée, et pour la journée à l'île, et pour toutes ces surprises, et pour avoir partagé tes vacances avec moi, et pour toutes ces choses que tu m'as fait découvrir et…

— Chuuuut! Tu ne peux pas savoir ce que tu m'as apporté. Ta présence me réconforte tellement!

Il a pris un air grave avant d'ajouter:

— Élizabeth, j'aurais une requête à formuler.

— Tout ce que tu veux.

— Tu es certaine?

— Tu ne m'as fait connaître que du merveilleux ces derniers jours.

Avec un soupçon de crainte au ventre et timidement, j'ai acquiescé à son souhait. Pendant que je rentrais les dernières traces de notre repas, Thomas a fait un saut à l'Auberge. Quand je suis revenue sur la grève à la lueur des lumières du sentier, il avait bourré le feu. Les flammes s'élevaient et lançaient des étincelles à travers les étoiles. Nous avons pris place sur les sacs de couchage étalés à même le sable. Longtemps, en silence, nous avons regardé la lune qui se mirait dans l'eau. La nuit douce était calme. J'ignore à quelle heure nous nous sommes glissés dans ce lit improvisé. Ça n'avait pas d'importance. Rien d'autre ne comptait que de goûter à fond à ce moment. Je me suis roulée près de Thomas. Ses bras m'ont enveloppée, son souffle m'a chatouillé le cou. Soudainement, il s'est appuyé sur un coude pour me regarder. Je voyais la lueur du feu danser dans ses yeux. Il a simplement dit « Ça va ? ». Je pense avoir ronronné en guise de réponse. Il a déposé de tendres baisers sur mon front, mes joues et mes lèvres avant de murmurer « Bonne nuit ! ». En écho, je lui ai souhaité bonne nuit. Je me suis lovée encore plus près, le souffle de nos respirations s'accordait. Bercée par le rythme des vagues, j'ai sombré dans un bienheureux sommeil, celui de ma première nuit collée à la chaleur du corps de cet homme.

Quand je me suis réveillée, il ne restait que des braises dans le feu. Je tremblais dans l'humidité de la nuit. J'ai essayé de ne pas trop bouger pour éviter de déranger Thomas qui sommeillait. Doucement, je me suis approchée de lui à la recherche d'un peu de chaleur.

— Tu as froid ?

— Hum, un peu.

Il a resserré son étreinte. Malgré cela, j'ai tenté de réprimer les frissons qui me secouaient toujours. Est-ce la lune qui me l'a chuchoté ? Est-ce le ressac de la mer qui me l'a murmuré ? Ou bien est-ce mon cœur qui a prononcé ces mots malgré moi ? En me retournant, je lui ai dit :

— Thomas, si on entrait finir la nuit au chaud, dans le chalet ?

Pour toute réponse, il a déposé un doux baiser dans mon cou. Il a ouvert la fermeture éclair des sacs de couchage pour les séparer, il en a placé un sur mes épaules et m'a pris la main en m'entraînant vers le sentier. La lune rayonnait suffisamment pour éclairer nos pas maintenant que la lueur des bocaux était consumée.

En entrant, j'ai vu que l'horloge de la cuisinière marquait minuit vingt. Je me suis enfermée dans la salle de bain. Seule dans ce minuscule espace, le trac m'a envahie, un sentiment d'oppression me serrait la gorge. Qu'est-ce qui se passait ? Était-ce vraiment moi qui avais fait une telle proposition à Thomas ? Assise sur le rebord de la baignoire, j'ai pris de profondes respirations pour tenter de calmer le champ de bataille d'émotions qui m'assaillait. Je souhaitais les bras de Thomas, je souhaitais m'abandonner dans sa douceur. Mais une peur se dressait devant moi, la crainte de ne pas être à la hauteur, de le décevoir. La jeunesse reposait loin derrière moi et dans mon cas, l'expérience pourrait difficilement compenser. Ça faisait au moins dix ans, non presque quinze, que mon corps était scellé dans un sarcophage. J'ai prolongé les longues et profondes respirations quand un élan est monté en moi. Je n'ai rien d'une aventurière et j'ai la certitude que les sentiments de Thomas sont nobles et sincères. Si mon cœur aspire à éveiller un émoi trop longtemps contenu, le corps suivra si je le délie des sangles invisibles qui l'entravent. Les yeux fermés, cette image s'est imprégnée dans mon esprit et, mentalement, ces attaches se sont sectionnées une à une. Quand la dernière est tombée sur le sol de mon cerveau, je suis allée retrouver Thomas.

J'ignore combien de temps j'étais restée enfermée. Thomas avait allumé des bougies. Il m'a remis un verre de brandy.

Nos verres contenaient à peine un doigt. Il a avalé le sien d'un trait et l'a déposé, puis a plongé son regard dans le mien en me tendant les mains. Sa chaleur m'a infiltrée, libérant toute la tension. Il m'a enveloppée de ses bras et entraînée dans une valse tranquille en chantonnant l'air de *Nature Boy*. Ce mouvement a produit l'effet d'un bercement et je me suis demandé s'il entendait les battements de mon cœur qui commençait à ralentir. Il a cessé de fredonner pour me murmurer à l'oreille :

— Élizabeth, grâce à toi, je renais. Tu as rallumé ma vie, mon cœur et…

Il s'est arrêté pour s'éloigner légèrement de moi en me fixant à nouveau. Ses yeux brillaient comme jamais je ne les avais encore vus.

Soutenant ce regard de feu, j'ai pris son visage entre mes mains en l'effleurant doucement. J'observais le mouvement de sa pomme d'Adam dans sa gorge, l'émotion m'étreignait. J'ai avancé mes lèvres vers les siennes et j'ai fermé les yeux. Soudain, je me suis sentie en état d'apesanteur. Rien d'autre ne comptait que cette bouffée de désir pour cet homme qui se déversait dans mes veines et faisait battre mon sang ; elle réchauffait mon ventre et accélérait mon souffle. Son pas de valse m'a entraînée dans une chute vers le lit défait. Je me suis abandonnée dans ses bras jusqu'à ce que l'ivresse de l'extase monte à l'unisson. Comme un chant à l'astre lunaire, seul témoin à travers la fenêtre de cet éveil de nos sens, scellés dans nos corps et depuis trop longtemps endormis.

Blottie contre lui à travers le fouillis des draps, j'ai regardé sa poitrine se soulever au rythme de sa respiration. La lueur des chandelles vacillait en jeu d'ombres sur les murs de la pièce. J'appréciais toute sa douceur, toute sa lenteur, toute sa patience à ne pas avoir précipité les choses. Il avait fait l'amour comme il mangeait, prenant tout son temps, savourant chaque geste pour prolonger le plaisir.

— Thomas, tu es un vrai cadeau dans ma vie. Un cadeau inespéré, et très précieux.

— Et toi, la perle surgie d'une coquille que je croyais vide.

Le sommeil nous fuyait et longuement, nous avons parlé. De l'émoi du cœur et du corps dans ce lieu mythique. Des ponts à construire pour continuer ensemble notre aventure. De nos désirs, de nos familles, de l'avenir. Aux premières lueurs de l'aube, j'ai senti les lèvres de Thomas sur mon front avant de sombrer à nouveau dans les bras de Morphée, alors que lui regagnait le chemin de l'Auberge.

Ces merveilleuses vacances sont terminées. Les bagages s'entassent dans le coffre de la voiture et je vais retrouver Thomas à la salle à manger de l'Auberge pour le dernier petit-déjeuner avant mon départ. Des courbatures irradient dans mon corps, vestiges de cette dernière nuit, collée à la chaleur de cet homme, une première nuit à tenir le sommeil éloigné.

Ce matin, le corps que j'habite trahit mon âge, cependant, mon cœur est léger et vaporeux comme celui d'une jeune fille. Je souris de bien-être en déposant le dernier sac sur le siège arrière. Le ciel s'habille de nuages depuis le lever du soleil. Pour la route, je préfère leur compagnie à celle d'un éclatant soleil. Après le déjeuner pris à l'Auberge, Thomas me raccompagne à ma voiture pour un dernier baiser. Il me maintient longuement dans ses bras, comme pour permettre à chacun de nous de s'imprégner de l'odeur de l'autre. Je prends la route en emportant dans mes bagages son adresse, une immense boîte de souvenirs et les projets d'un week-end à Québec, quelque part en octobre, quand je serai réinstallée. Je pensais utiliser ces vacances pour y réfléchir, mais tout ce temps passé auprès de lui m'en avait éloignée. Cependant, sa présence m'a dévoilé une avenue que jamais je n'aurais prévue et je compte bien l'explorer avec mon cœur plutôt qu'avec ma tête.

TROISIÈME PARTIE

L'été d'un vent porteur

CHAPITRE 18

Thomas

Élizabeth partie, ma dernière semaine à l'Auberge a laissé un vide, je songeais à cette fin de semaine projetée. Nous revoir dans un autre lieu permettrait-il aux sentiments que j'éprouvais pour elle de grandir? Je n'en doutais pas. Cependant, les vacances donnent souvent naissance à quelque chose de passager. Je ne voulais pas que ça nous arrive. La tendresse de cette femme est un baume inattendu dans mon existence. Après la mort de Michelle, j'avais cru un moment que je sombrerais davantage dans une tristesse dont je ne sortirais jamais. C'est le contraire qui s'est produit. J'avais même pensé à ne plus retourner en Gaspésie. Quelle erreur ç'aurait été! Revoir Élizabeth m'a permis de refaire surface. Depuis quand n'avais-je pas vraiment écouté mon cœur avant de rencontrer cette femme? Le poids des responsabilités y mettait un frein. J'aspirais maintenant à construire un nouveau chapitre de ma vie avec elle.

L'état d'euphorie de ces vacances s'est vite dissipé, la réalité du quotidien m'a rapidement rattrapé. Les courriels d'Élizabeth et nos longues conversations téléphoniques ont adouci l'automne qui a suivi. La rentrée à l'université a été parmi les plus difficiles de ma vie professionnelle. Comme mon vieux complice Hubert me manquait ! Tout me paraissait au-dessus de mes forces. Je trouvais ardu de me débattre avec les nouvelles règles de l'administration, de jongler avec les budgets rétrécis, de tenter de transmettre mon savoir et ma passion de l'histoire à des étudiants plus préoccupés à dire leur façon de penser aux politiciens qu'à travailler pour dénicher un diplôme. Sans compter l'arrivée massive d'une flotte de jeunes professeurs avec leur vision différente de l'inter- prétation de l'histoire. Je me suis senti un étranger dans ma faculté.

En novembre, ma voisine Julie, celle qui avait toujours été mon ange gardien, a quitté le quartier.

Son départ m'a beaucoup attristé, d'autant plus que les nouveaux voisins m'ont fait sentir que « les liens de bon voisinage, c'était quand chacun restait chez soi ».

Ce même mois, à peine une semaine après le départ de Julie, je suis devenu inquiet, très, très inquiet. J'étais désemparé en téléphonant à Élizabeth.

— L'un des jumeaux de Cynthia a été hospitalisé d'urgence. Une méningite.

— Oh ! Thomas, comment va-t-il ?

— On est dans l'incertitude pour le moment. Les antibiotiques devraient agir, du moins je l'espère. Élizabeth, quel choc de découvrir mon petit-fils dans son lit d'hôpital ! Il avait les poignets et les jambes immobilisés pour éviter qu'il n'arrache les perfusions. Ce garçonnet plein d'énergie, vibrant de vitalité avait l'air d'une poupée de chiffon aux yeux vitreux…

Au bout du fil, Élizabeth a senti mon trouble, j'étais incapable de retenir mes larmes.

— Élizabeth, je me demande dans quel état cet enfant reviendra… s'il revient. Tu sais, je ne pratique plus, mais je suis croyant. Je suis passé à la chapelle de l'hôpital pour supplier Dieu de préserver cette jeune vie et de lui épargner une existence quasi végétative.

— Moi non plus je pratique peu, mais j'irai à l'église pour allumer un lampion. Sois confiant.

J'ai vécu quarante-huit heures d'une angoisse sans nom et qui paralysait tout. Finalement, les braves soldats ont bien travaillé dans le corps du bambin, et ils ont gagné la bataille sur les affreux microbes. J'étais tellement heureux de raconter cette histoire au petit frère qui ne comprenait pas ce qui arrivait à son jumeau. Je crois que Michelle a veillé sans arrêt sur nous durant toute l'hospitalisation de notre petit-fils. Malgré un dénouement où les sourires sont réapparus autour de moi, la vilaine maladie a quand même usé les forces de tout le monde jusqu'à Noël. La période des Fêtes s'est déroulée dans le calme, dans un climat paisible et heureux, cependant je n'ai pas rendu visite à Élizabeth. J'avais besoin de rester dans le cocon familial comme si cela me tenait à l'abri. Je sentais le besoin de dissiper toutes les traces de cette inquiétude avant de revoir Élizabeth, même si elle me manquait énormément.

CHAPITRE 19

Élizabeth

L'écho de ces vacances m'a accompagnée de longues semaines. Moi qui avais enfoui l'amour possible entre un homme et une femme dans les profondeurs d'un jardin oublié, j'avais le cœur gonflé de tendresse et d'un amour naissant pour Thomas. Pourtant, je me libérais à peine des liens maritaux qui m'avaient entravée, à mon insu, pendant presque quatre décennies. Notre âme s'accordait aux mêmes vibrations. Je n'avais jamais ressenti cela auparavant. C'est ce qui donne de la puissance à mes sentiments. Mireille avait raison, j'ai écouté mon cœur plutôt que de rester butée sur une déception. Thomas avait allumé une étincelle que je ne croyais plus possible. La tendresse de cet homme apporte une grande légèreté dans ma vie. Non pas cette légèreté de la futilité, plutôt celle d'une libération. Avec le recul, je constate que j'étais la principale artisane de cet état.

L'automne qui a suivi ne m'a pas laissé grand répit, ni à Thomas d'ailleurs. Notre quotidien nous a entraînés l'un et l'autre dans un dédale d'inquiétudes et de responsabilités qui a surchargé nos journées et notre esprit. La fin de semaine que nous avions projetée a dû être déposée sur la tablette des « plus tard ».

Il me restait trois semaines avant de livrer la maison. Tout était emballé. Je vivais dans une demeure vide avec juste l'essentiel. Je m'apprêtais à m'installer dans la résidence secondaire d'une ancienne collègue. Près d'un lac, un coin isolé en périphérie de Magog. Cette solution ne m'enchantait guère, mais c'était seulement pour quelques semaines. Un appel de ma belle-sœur Alice m'a fait prendre une autre direction. Je lui avais rendu visite à l'hôpital les jours précédents ; elle se rétablissait d'un AVC.

— Élizabeth, je ne t'aurais jamais demandé cela si tu n'avais pas à te trouver un endroit où habiter. On a repéré un lieu de convalescence pour moi, mais si cet arrangement te convient..., tu pourrais rester chez moi.

— Alice, ça me fait grandement plaisir et je choisis cette solution parce que c'est toi, pas parce que j'ai besoin d'un endroit. J'avais déniché quelque chose et je peux l'annuler sans problème.

J'ai remisé ce que je voulais conserver et je suis partie demeurer avec elle. Alors que Thomas était libéré de son rôle d'aidant, je plongeais dans cette responsabilité. Contrecoup? Malchance? Non, je ne l'ai pas vu ainsi. Certes, ça m'a tenue très occupée, mais je n'étais pas vraiment chez moi. Ce n'est pas par esprit de sacrifice que j'ai fait ce choix. Non! J'y ai vu une étape à franchir dans ma nouvelle vie, une transition. D'abord, je l'ai décidé en raison de la grande affection que je voue à Alice. Cette cohabitation provisoire me convenait. Ma belle-sœur dressait également des plans pour faciliter sa vie. En dépit d'un corps qui suivait péniblement le rythme antérieur, son esprit était demeuré alerte et les moteurs de sa pensée roulaient à fond de train. Alice est une fervente du « *tea time*», et je prenais plaisir à intégrer cette habitude dans mon quotidien. Un jour, j'avais cuisiné des scones et je l'observais beurrer le sien avec une grande lenteur.

— Mon corps a pris un sacré coup de vieux, mais on dirait que mon cerveau devient plus alerte depuis que j'ai plus de temps à lui consacrer, a confié Alice.

— Je m'en réjouis. Malgré ton âge respectable, tu as toujours été une femme occupée et tenant difficilement en place.

— C'est vrai, j'ai réussi à faire dévier le canal de l'activité physique vers celui de l'activité intellectuelle. Tu y es un peu pour quelque chose, ma chère.

— Tes progrès, c'est à toi seule que tu les dois.

— Pas seulement, ton enthousiasme, ta bonne humeur et ton écoute ont empêché la période de découragement que j'ai traversée de stagner et de s'incruster.

— Ne m'accorde pas tant de mérite.

— Pourquoi pas ? Tu as su proposer tant de façons de rendre ma nouvelle vie stimulante et intéressante. En plus, je n'ai pas besoin de m'obstiner pour que tu me laisses faire mes choses toute seule. C'est long, mais j'y arrive.

Alice avait en partie raison. Je crois que ma personnalité et mon expérience d'enseignante m'ont modelée au point que cette attitude de voir les alternatives est devenue une seconde nature. Alice possède un tempérament combatif, elle n'a jamais baissé les bras. Il y a aussi cette affection et ce respect réciproque qui ont toujours tissé la trame de notre relation. Ça fait beaucoup d'éléments favorables pour que tout se déroule pour le mieux.

Je ne voulais pas laisser Alice toute seule, alors j'avais fait savoir à Thomas que je ne pourrais honorer notre projet de fin de semaine en octobre comme prévu. À partir de ce moment-là, de longues conversations téléphoniques sont devenues des rendez-vous réguliers. Entre les appels s'est manifesté un échange de courriels quasi quotidien.

Le plus difficile n'a pas été la maladie de ma belle-sœur. Ç'a été de faire face à l'hostilité de mon aîné. D'abord, la distance qui s'était installée entre nous me peinait, c'était comme la fausse note d'un concerto. Il y a eu l'écart géographique pendant quelques mois, mais je savais très bien que ce n'était pas la raison du malaise qui s'invitait dans les rencontres familiales. À Noël, Alice a ouvert sa maison pour que je puisse recevoir et héberger les enfants. Daniel a décliné l'offre, alléguant que Béatrice souhaitait demeurer chez ses parents. Tout à fait par hasard, j'ai découvert où avait séjourné mon fils. Je m'étais rendue avec Alice au thé de Noël à l'anglaise dans un grand hôtel de la ville. Quand nous avons pénétré dans le hall, je n'ai rien vu du somptueux décor victorien qui attirait de nombreux visiteurs. Je me suis retrouvée face à face avec Daniel qui prenait ses messages à la réception. J'ai à peine entrevu Béatrice et les filles qui s'engouffraient dans l'ascenseur. Daniel bafouillait de malaise. J'ai plongé un regard assuré dans celui de mon fils, en disant simplement : « Daniel, tu n'étais pas obligé de mentir, je suis capable de comprendre. » Je lui ai prestement tourné le dos en entraînant derrière moi une tante médusée par le comportement de ce neveu.

Quand février est arrivé, j'ai accompagné Alice vers sa nouvelle demeure.

— Cette année, j'aurai soixante-quinze ans, je mérite bien de vivre comme à l'hôtel, à me faire servir, gâter un peu et sans me soucier de tout l'aspect domestique.

— C'est vraiment ce que tu souhaites ?

— Absolument ! Tu sais, Élizabeth, ces derniers mois, tu t'es occupée de tout dans la maison et j'avoue que ça ne m'a pas manqué du tout. D'autant plus que j'ai les moyens de me payer ce qu'il y a de mieux.

Alice m'a invitée à habiter sa maison tant que je le souhaiterais. En avril, la fête de Pâques a réuni notre famille chez Nicolas. Cette année, le congé coïncidait avec le troisième anniversaire du décès de Bernard. Une semaine avant cette rencontre avec mes enfants, j'ai quitté la maison d'Alice pour m'installer quelque part sur la rive sud de Québec. Daniel devait revenir au Québec en juin après la fin des classes. Il a joué le petit garçon sage. J'ai cru qu'il commençait à développer de meilleurs sentiments devant mes choix, qu'il avait peut-être compris que sa mère dirigeait maintenant sa vie avec une belle assurance. Il n'avait pas réagi quand je lui avais annoncé mon déménagement. Il s'était même montré chaleureux au cours de cet appel. Je me disais que les paroles de Josée avaient contribué à ce qu'il fasse un bout de chemin. Cet espoir s'est évaporé quand je l'ai entendu glisser le sujet des vacances d'été dans la conversation avec Nicolas. J'ai vu clair dans son jeu : conquérir son frère pour lui vendre ses plans pensant que je suivrais sûrement. La réponse de Nicolas m'a remplie de fierté.

— Je regrette, mon vieux, maman va certainement te mettre au courant. Elle retourne en Gaspésie. Elle a loué le plus grand des chalets et nous y passerons une semaine. Notre séjour coïncide avec celui de la fille de Thomas. J'ai hâte de la connaître, maman en parle avec beaucoup de gentillesse.

— Et, qui c'est, ce Thomas ?

Il ne m'avait pas vue approcher et ma réponse l'a fait sursauter.

— C'est un ami très cher, Daniel. J'aime autant te le dire, parce que je préfère jouer franc-jeu avec toi, Thomas et moi sommes amants.

— Papa, c'est quoi des amants ? a demandé la plus jeune des filles de Daniel.

Les belles-filles et la cadette de Daniel s'étaient regroupées autour de nous. Ma réponse a causé un certain remous. Daniel s'est étouffé dans son verre de scotch, Béatrice a figé de stupeur les yeux remplis de surprise. Josée a eu la présence d'esprit d'entraîner sa nièce à l'écart pour une discussion « de grandes ». Sa gorgée de scotch bien avalée, les jeunes oreilles éloignées, Daniel est revenu à la charge.

— Excuse-moi, maman, mais ce n'est pas sérieux ? Une aventure à ton âge ! Pis toi, Nicolas, tu endosses ça ! Tu vas passer tes vacances avec ce gars !

— Daniel, ce gars, comme tu dis, eh bien, sache que je lui voue une grande affection, une douce tendresse, de l'admiration et beaucoup de respect. Si c'est une aventure comme tu le penses... à bien y penser, le terme est exact. Toute amitié ou toute vie à deux n'est-elle pas une fabuleuse aventure ? Cet homme-là, il fait vibrer la femme en moi et je ne m'en priverai certainement pas pour te faire plaisir. Ce que j'éprouve pour Thomas est noble, sincère et je crois qu'on a de très belles années devant nous. Daniel, j'aimerais que tu retiennes une chose, il n'y a pas d'âge pour les sentiments.

J'étais demeurée calme en essayant de garder un ton de voix chaleureux. Je souhaitais tant qu'il comprenne. Cependant, les réactions butées de Daniel laissaient une impression d'échec dans mon cœur de mère. Un lourd chagrin s'est infiltré dans mon âme quand Daniel a tourné les talons sans un mot en entraînant sa femme et ses deux filles dans son sillage ; c'est tout juste s'il n'a pas claqué la porte en sortant. Nicolas a tenté d'expliquer à ses enfants pourquoi leur oncle était parti fâché. Tout sérieux, le grand frère avait dit à sa petite sœur de sept ans : « C'est pareil comme toi quand tu boudes parce que papa te donne pas ce que tu veux. » La réplique de mon petit-fils m'a fait sourire, mais elle n'a pu effacer mon chagrin. J'espérais que le temps finirait par arranger les choses. Le temps… et l'amour de Thomas.

CHAPITRE 20

Thomas

Finalement, ce n'est qu'en mars que le temps a
pu nous dégager, Élizabeth et moi, pour que
l'on puisse se retrouver. Bien sûr, cela aurait
pu être possible plus tôt. Nous en avions longuement
discuté. L'important, c'était d'avoir l'esprit libéré de
nos préoccupations et de nos responsabilités récipro-
ques pour permettre au cœur d'être disponible. Les
conversations au téléphone et les courriels avaient
permis d'enrichir notre lien. Quelques lettres aussi.
Élizabeth m'a fait redécouvrir un type de communication que je croyais d'une autre époque. J'avais
toujours maintenu l'habitude des notes manuscrites,
même au travail. Cependant, écrire une lettre nécessite
du temps et j'en avais trop peu. Tous ces échanges
ajoutaient des fils à la trame qui se tissait entre nous.
Le souci de nous soutenir l'un l'autre, les quelques

lettres que je relisais maintes fois, et ce souhait inlassablement répété de poursuivre notre route ensemble, ont nourri un sentiment qui se solidifiait malgré la distance.

— Les embûches permettent de bâtir quelque chose de solide, m'avait dit Élizabeth quand je lui avais communiqué l'heure de notre rendez-vous.

Je dois avouer que nos retrouvailles dans le hall de l'hôtel du Vieux-Québec où j'avais réservé resteront un moment inoubliable de notre histoire. Le regard d'Élizabeth irradiait. Pendant de longues minutes, nous sommes demeurés sans voix, sans gestes, immobiles dans le silence. Une bulle de pur bonheur nous enveloppait, infranchissable, en dépit de tous les clients qui circulaient autour de nous. Malgré l'absence, nos sentiments avaient grandi. Élizabeth avait raison. Le tronçon de vie parsemé d'obstacles se trouvait derrière nous. Si d'autres embûches se présentaient, nous serions deux pour les affronter.

J'ai passé la courroie de son sac de voyage sur mon épaule et lui ai pris la main pour l'entraîner vers l'ascenseur. Quand les portes se sont refermées, nos lèvres se sont soudées dans une douce chaleur. Notre chambre avait une vue magnifique sur un petit parc dominant la terrasse Dufferin.

— Je connais peu Québec, dit Élizabeth, si ce n'est les reportages que j'ai vus et ceux que j'ai lus. C'est une ville qui m'a toujours attirée.

— J'ai étudié à Québec et depuis mes études, même si j'en habite la banlieue, j'adore jouer au touriste une ou deux fois par année et me promener dans « le Vieux », alors, je serais ravi de te dévoiler mes « coups de cœur ».

Nous nous sommes amusés comme des enfants tout au long de ce week-end. Je l'ai entraînée dans les vieilles rues en lui racontant des bribes de l'histoire de cette ville. Élizabeth ressemblait à une petite fille en escaladant l'interminable escalier qui mène aux Plaines d'Abraham. Elle faisait de nombreuses pauses pour se retourner et admirer le panorama tout en s'exclamant. Le jour déclinait quand nous sommes arrivés au Château Frontenac pour prendre le thé. Ses yeux brillaient d'émerveillement.

— Je me suis habituée à une pause pour l'heure du thé avec Alice. Et j'adore cette habitude. Et ici, je me sens une Lady.

— Tu es ma Lady et j'essaierai d'être un chevalier à la hauteur.

C'est là que j'ai sorti un écrin de ma poche, une petite boîte bleu nuit que je traînais sur moi comme un porte-bonheur depuis le Nouvel An. Son air médusé m'a inquiété.

— Thomas, nous n'avons pas discuté d'engagement, je ne désire rien d'officiel.

— Je sais, moi aussi je souhaite simplement un serment du cœur parce qu'il n'y a pas d'âge pour de nobles sentiments. Je tenais à t'offrir… ce symbole.

Pendant un moment, j'ai failli remettre la boîte dans ma poche, mais quand j'ai soulevé le couvercle de mon précieux cadeau, je l'ai vue se détendre, ses yeux ont souri.

— Oh ! Thomas.

— Je voudrais effacer à jamais l'effet d'un irritable grain de sable.

— C'est tout oublié, sans doute en raison de la nacre qui s'ajoute à chacun des moments passés près de toi.

Je lui glissai délicatement le bijou au doigt.

Le lendemain, Saint-Patrick a évacué tous les restes de neige de la saison pour sa traditionnelle tempête. Difficile de partir sillonner un nouveau coin de la ville. Alors, bien à l'abri dans le salon du hall de notre hôtel, nous avons exploré les avenues et les possibles, envisagé la façon de concrétiser les « et si » et les « pourquoi pas » en jetant les premières ébauches d'un projet commun : les prochaines vacances en Gaspésie.

— Élizabeth, que dirais-tu si nous procédions à un changement dans nos réservations pour l'été prochain ?

— J'ai réservé le même chalet que l'été dernier. Tu annulerais à l'Auberge pour le partager avec moi ?

— Pas tout à fait ; je songeais au grand, à deux étages. Si tu veux inviter Mireille pour quelques jours, et… peut-être nos enfants ?

— Tu es prêt à ça ?

— Nos enfants font partie de nos vies. Si on souhaite construire quelque chose, toi et moi, les vacances me semblent un beau moment pour les connaître davantage.

— J'abonde dans ce sens, répondit-elle, tout sourire.

J'aurais voulu la prendre dans mes bras pour l'entraîner dans une valse sur l'air de la musique de Strauss qui jouait en sourdine dans le grand salon qui donnait sur la terrasse Dufferin.

— Je ferai un appel à Camille pour y apporter un léger changement. Des bulles comme apéritif avant de passer à la salle à manger, ça t'irait?

Notre table était placée au bord d'une fenêtre, la ville scintillait et les douces mélodies d'un piano nous enveloppaient. Tout était feutré et calme. Un doux bonheur habitait à nouveau ma vie.

Je me sentais amoureux. J'avais proposé le *Laurie Raphaël* pour notre dernier souper. La vieille ville était éclatante de blancheur, nos pas craquaient dans la neìge. J'observais son visage rosi par le froid et, j'osais l'espérer, par le bonheur.

— Élizabeth, jamais je n'aurais pensé connaître à nouveau un tel sentiment. C'est différent, parce que tu n'es pas Michelle. Nous sommes à une autre étape de notre existence. Nous transportons chacun un bagage plus lourd, d'expériences et de savoir, de blessures et de regrets, d'une famille et d'amitiés, mais sache que tu as pris une place importante dans ma vie, qui s'agrandit à mesure que je te connais.

— Tu occupes aussi une place de choix dans la mienne, mais comme on préserve souvent un peu d'espace dans ses bagages pour rapporter des souvenirs, il en reste amplement pour les rêves, l'espoir et des projets nouveaux.

— Je souhaiterais donner plus d'importance à la complicité et à la tendresse…

— J'ai l'impression que tout est déjà en train de s'organiser autour de nous.

Ce restaurant est l'un des meilleurs de Québec. Depuis son ouverture au début des années quatre-vingt-dix, j'y venais environ une fois par année et chaque visite laissait l'empreinte d'une découverte gustative qui ravissait mes papilles. Pourtant, cette fois-ci, les seuls souvenirs sensoriels que je conserve sont la douceur des joues d'Élizabeth, la subtile odeur florale de son parfum, l'éclat de ses yeux remplis d'étoiles, le murmure de sa voix chaleureuse et le goût du long baiser échangé devant la porte, juste avant d'affronter à nouveau le froid pour retourner à l'hôtel.

CHAPITRE 21

Élizabeth

Deux semaines après mon escapade avec Thomas, je suis revenue dans la région de Québec. Mes réflexions m'avaient menée vers une destination précise, et je venais rejoindre mon amie Mireille. Nous avons passé une journée entière dans un charmant village près de Montmagny. J'aspirais à posséder un nid. J'adorais cette petite maison qui appartenait à Anne, la fille de Mireille, j'y avais déjà séjourné en invitée avec Mireille, j'en connaissais l'histoire. L'endroit avait permis à Anne de panser un énorme chagrin. Nous étions à la fin mars et l'amoncellement des glaces en bordure de la rive ainsi que les montagnes de neige qui s'accumulaient toujours à côté de la rue qui longe le grand fleuve m'ont fait hésiter. Juste un moment. D'ailleurs, Anne disait qu'un petit fantôme veillait sur les occupants, que cet esprit les guidait dans les méandres de leur vie. Et si ce lieu, pas trop loin de chez Thomas, pouvait m'aider, moi, Élizabeth Lavigne, à fixer plus solidement les bases de ma nouvelle existence? Après une visite avec Mireille et un appel à Anne, j'ai loué la maison. L'atmosphère qui se dégageait à l'intérieur, l'emplacement, la vue, tout me plaisait. Mon amie m'avait prévenue: tant qu'Anne vivrait, elle ne la vendrait probablement jamais, cette demeure représentant un symbole trop important et sans prix à ses yeux.

Avec un pincement au cœur, j'ai accepté de m'éloigner de Nicolas et de mes petits-enfants. Cependant, je sais que la vraie distance n'a aucun lien avec la géographie. Cette maison lovée dans la nature et la proximité de Thomas étaient des atouts importants. J'avais proposé à Mireille qu'on mange avec Thomas dans un restaurant près du pont Pierre-Laporte, un point central pour elle qui retournait dans Charlevoix où elle habite, et moi à Sherbrooke. Dès notre arrivée, il a posé le journal qu'il lisait en nous attendant.

— C'est une bonne idée que tu as eue de dîner ici, a dit Mireille. Je me serais contentée d'attraper un sandwich quelque part.

— Et de te priver ainsi de la charmante compagnie de Thomas, ai-je dit avec un brin de moquerie.

Nous avons rapidement consulté le menu avant de faire connaître à Thomas ma décision définitive concernant ma visite.

— J'en suis ravi, a dit Thomas avec un large sourire. Mireille, je te dois une fière chandelle pour avoir glissé cette solution dans l'esprit d'Élizabeth.

— Ça ne t'est pas passé par la tête de lui proposer de s'approcher de Québec? a demandé Mireille, avec son air moqueur. Elle m'a parlé de cette ville avec tellement d'enthousiasme depuis votre fin de semaine.

— Je me doute qu'il en a eu envie, ai-je ajouté en le regardant. D'ailleurs, en aucun temps tu n'es intervenu pour biaiser mon choix, ai-je poursuivi en m'adressant à lui. Je me rends compte que ça ne te ressemble pas de dicter la conduite aux autres ou d'user d'influence. Sur ce point, Mireille et toi, vous êtes vraiment pareils.

— Respecter les décisions personnelles est un geste d'amour, a ajouté Mireille, même si parfois, c'est douloureux.

— Ma chère Élizabeth, a fait Thomas avec un large sourire en adressant un clin d'œil à Mireille, on peut dire que tu sais élire tes amis.

Le repas est arrivé et la conversation s'est poursuivie avec animation. Il est vrai que je choisissais parcimonieusement les gens qui m'entouraient. J'étais heureuse de constater la complicité entre deux personnes qui m'étaient chères.

Je me suis alors installée dans un bien-être tranquille. J'apprenais que le bonheur n'est pas magique ni synonyme d'absence de malheur. C'est un moment cueilli chaque jour, comme une fleur pour embellir l'existence. C'est posséder un lieu à soi, des gens à chérir, mille petites choses à accomplir pour le plaisir et surtout, ce qui contribue principalement à mon bonheur, c'est d'éprouver la certitude d'être aimée et écoutée. Pas dans les grandes déclarations ni dans le faste qui sert surtout à éblouir. Le lendemain de mon arrivée dans cette petite maison, il s'était présenté avec des fleurs et des plats cuisinés.

— Un peu de nature dans une nouvelle demeure est une invitation à la prospérité et au bonheur. C'est ce que je te souhaite.

— Et ces repas ?

— Oh ça ! Il n'y a pas de raisons précises. C'est juste que j'ai cuisiné un brin et que j'ai pensé t'apporter des portions pour alléger quelque peu le début de ta nouvelle vie ici. Et aussi pour que tu penses à moi en les mangeant.

Il est comme ça, Thomas, des petites attentions qui tombent à point. Je suis plus reconnaissante des gestes qui remuent mon cœur, des regards brillants qui permettent de me percevoir importante aux yeux de l'autre, d'une douce tendresse, de la simplicité et de la complicité dans le quotidien. J'apprivoise merveilleusement bien ma nouvelle existence dans la petite maison près du fleuve. La courte distance qui me sépare de Thomas ne cause aucun obstacle à nos besoins de rapprochement. Lui chez moi à l'occasion et vice-versa, chacun possède son cocon et cela nous convient à tous les deux, pour le moment. Thomas m'apporte tous les ingrédients qui nourrissent ce bonheur. Finalement, je ne tourne pas complètement le dos à la vie à deux pour préserver ma liberté parce qu'avec lui ça devient inutile. Oui, je crois à l'amour et j'y crois d'autant plus que l'éclat de la jeunesse et l'influence des hormones ne sont aucunement en cause. Juste les profonds sentiments du cœur.

CHAPITRE 22

Thomas

Ce troisième été que nous passons dans l'un des chalets de l'Auberge sera notre dernier à cet endroit. Tandis que nous étions installés sur la galerie du chalet le soir de notre arrivée, j'ai tenté d'en expliquer les raisons à Élizabeth, sans la brusquer.

— Élizabeth, c'est ce que je souhaiterais. Je venais ici pour me ressourcer et les moments de répit n'ont plus de raison d'être.

— Pour moi, ce lieu a donné naissance à notre amour, il m'a fait connaître un bonheur inattendu.

— C'est vrai, pour moi également, ce nouveau bonheur a pris naissance ici. Mais cet endroit représente aussi une période difficile de mon existence. Malgré le réconfort que j'y ai trouvé et qui m'a nourri, je préférerais envisager autre chose.

— Je comprends, mais ça m'attriste quand même. Alors, profitons à plein de ce séjour…

Elle appuie sa tête sur mon épaule et nous observons en silence un groupe de mouettes plonger dans la mer à la recherche de leur repas.

Dans les jours suivants, je remarque que sa déception a été chassée aussi vite qu'un vent du large balaie le brouillard et j'avoue que cela me surprend un peu.

La vie commune et le quotidien restent pour le moment à l'écart de nos préoccupations. La prochaine année universitaire sera ma dernière, je mets fin à ma carrière de professeur. Je suis l'un des derniers de ma cohorte et je n'appréhende plus de me retrouver face à un vide. Contrairement à ce que je craignais, j'envisage maintenant cette étape avec sérénité. Une liberté nouvelle, la possibilité de rêver à des projets avec Élizabeth. Et puis, je suis enchanté de cette proposition d'Alex de partir avec lui pour sa randonnée annuelle de quelques jours dans les montagnes Blanches durant l'automne et ses couleurs. Mon fils adore ce type d'évasion dans la nature. On pourrait en faire une habitude comme d'autres font leur voyage de pêche annuel. Par la suite, je réfléchirai à ce qu'il adviendra de ma résidence devenue trop grande et trop remplie de souvenirs. Je préfère ne pas précipiter les décisions.

Ce séjour de trois semaines dans le plus grand des chalets de l'Auberge sera notre premier épisode de vie commune.

— Élizabeth, je te sens préoccupée. Est-ce le fait de vivre sous le même toit, même si c'est temporaire ?

— Thomas, c'est si beau, ce que l'on vit toi et moi. Je ne voudrais pas que la routine nous engloutisse. Je n'ai pas l'habitude de la complicité dans les activités domestiques.

— Pour ma part, j'avais oublié à quel point la valse du quotidien peut devenir gaie et amusante dans une agréable connivence. J'ai bien l'intention de te faire découvrir cela, même dans des gestes aussi banals que de laver la vaisselle. On pourrait commencer tout de suite, ai-je ajouté en lui tendant un linge à vaisselle. À moins que tu ne préfères la lavette?

En riant, elle a empoigné le torchon. Élizabeth a vite réalisé que les tâches domestiques n'étaient aucunement un fardeau pour moi, surtout en sa compagnie. C'est dans cet état d'esprit que nous avons vécu cinq merveilleuses journées avant que la joyeuse marmaille de nos familles respectives ne rapplique pour goûter avec nous des moments de notre bonheur. Le jour de leur arrivée, un léger crachin nous a obligés à manger à l'intérieur. Les enfants se sont rapidement apprivoisés. Vers la fin du repas, pendant qu'Élizabeth servait les portions de pouding aux framboises, l'aîné de Nicolas m'a demandé:

— Comment on doit t'appeler? Tu n'es pas notre vrai grand-père.

— Tu as raison! Eh bien, je m'appelle Thomas, toi et ta sœur n'avez qu'à utiliser mon prénom.

Devant leur silence, j'ai rajouté:

— À moins que vous n'ayez une suggestion.

Sa jeune sœur a répondu pour les deux. Je sentais qu'ils avaient déjà discuté de la chose entre eux et sans doute, avec leurs parents.

— Et pour les jumeaux, grand-maman n'est pas leur vraie grand-mère. À l'école, on peut pas appeler les professeurs par leur nom, il faut dire madame avant.

Elle a jeté un œil à son frère, mais voyant que celui-ci avait déjà la bouche pleine de pouding, elle a poursuivi :

— J'ai lu une histoire avec une nanny, c'est quelqu'un qui prend soin des enfants. On a pensé que grand-maman pourrait être Nan pour les jumeaux, et toi, Pop.

— Pop, bonne idée, j'aime bien ce nom. C'est vrai que je ne suis pas votre véritable grand-père, mais j'aimerais bien l'être dans votre cœur.

— C'est sûr. Ma sœur est d'accord avec l'idée que, si les enfants pouvaient adopter des adultes, on t'adopterait.

Cette grande déclaration m'a sacrément ému. Cynthia a senti mon trouble et a vérifié :

— Élizabeth, Nan te convient-il ?

— Je trouve ça charmant !

Elle m'a pris la main, et je sentais qu'elle aussi était touchée. Cette démarche des enfants était le signe qu'Élizabeth et moi étions un couple officiellement reconnu par nos familles. Nicolas a enchaîné :

— Nan et Pop nous ont préparé un excellent souper, à nous de prendre la relève. Un volontaire pour débarrasser la table et trois pour la vaisselle.

— Et après, on joue au Parshesi ou au Mille-Bornes ? ai-je demandé.

Le Mille-Bornes a fait consensus.

Je suis tellement heureux de constater que la famille de Nicolas et celle de Cynthia s'entendent comme larrons en foire depuis qu'ils ont fait connaissance. Les enfants de Nicolas se sont rapidement improvisés « gardiens protecteurs » des jumeaux, de quelques années plus jeunes. Ils partagent leurs jeux sur la plage, la chambre-dortoir et... quelques espiègleries pour jouer des tours aux adultes.

Il y a eu la journée « des gars », consacrée à une sortie de pêche en mer avec Harvey.

— Monsieur Thomas, ça fait plaisir d'vous voir avec c'te p'tite marmaille, a dit le vieux loup de mer quand nous sommes montés à bord. Vous avez plus l'air d'la baleine égarée d'il y a qu'que années.

Les présentations faites, Harvey s'est montré aussi à l'aise avec les petits qu'avec les poissons.

— Bon, les moussaillons, mettez vos gilets d'sauvetage, pis v'là chacun vot' épuisette.

À tour de rôle, les trois garçons ont tenu la barre, prêté main-forte pour lever les filets et rejeter à la mer les entrailles des poissons évidés. « Pour nourrir les oiseaux », a-t-il précisé. Pendant qu'il surveillait d'un œil le « capitaine provisoire » qui tenait le gouvernail, je lui ai demandé ce qu'il voulait dire quand il m'avait parlé du chant des baleines qui leur permettait de retrouver leur clan.

— Leur chant, ou les cris qu'on entend, c'é leur langue. Un genre de code, chaque groupe a l'sien, c'é comme ça qu'y r'trouvent leur famille. À c'que j'vois, vous avez trouvé la vôtre !

Son sourire moqueur m'a rendu heureux, il avait raison. Harvey a gagné l'admiration indéfectible des jumeaux avec ses fabuleuses histoires à la Moby Dick qu'il racontait au retour pendant que c'était à mon tour de maintenir le cap.

Il y a eu la journée « des filles », consacrée à la tournée des boutiques souvenirs de Percé. La préadolescente de Nicolas, seule enfant avec des adultes pour cette sortie, exultait de fierté. Cynthia est devenue l'idole de la fillette et s'est vite attachée à cette jeune vraiment « fifille » qui la change de l'univers « Tom Boy » des jumeaux.

Il y a eu la journée « enfants, grands-parents », histoire de laisser un peu de liberté aux parents. Je sentais le regard observateur d'Élizabeth pendant que je jouais au fanfaron avec les petits-enfants sans distinction entre nos familles respectives.

— Pop, a lancé le fils de Nicolas. Si on jouait un tour aux adultes pendant qu'ils ne sont pas là ?

— Quelque chose de drôle ? dis-je.

— Des tours, c'est toujours drôle.

— Pas toujours, à quoi vous pensez ?

— Des cailloux, dit l'un des jumeaux.

Je suis donc parti arpenter la plage avec les trois garçons. Leur chaudière se remplissait de ces jolies roches toutes polies par la mer qu'on trouvait en abondance. J'ai dû leur expliquer pourquoi il était préférable de laisser sur place le poisson à demi dévoré et les carapaces de crabe que nous dénichions. Au retour, ils ont semé leurs fragments de pierre partout : dans les chaussures, entre les draps, sous les coussins du divan, au fond d'une tasse, par-dessus les magazines.

— Maintenant, les petits Poucet, dit Élizabeth en leur faisant ranger leurs chaudières vides, on va manger des hot-dogs sur la plage. Pop a préparé un feu.

— Y a des guimauves ? a demandé un jumeau.

— J'en ai trouvé des géantes, pour faire des « smoores » pour le dessert, a répondu Élizabeth en composant le panier de victuailles à descendre sur la grève.

Après ce pique-nique, j'étais assis sur la couverture près d'Élizabeth pendant que les enfants lançaient des cailloux dans les vagues.

— Tu te rends compte, Thomas, nos enfants forment des familles des plus traditionnelles alors que nous sommes devenus des « grands-parents reconstitués ».

— Et tu le vis bien ?

— Très bien…, maintenant. Je ne te cacherai pas que j'appréhendais cette semaine de vacances en « famille élargie », j'avais peur de me retrouver dans l'ambiance des vacances à Wildwood.

— Je t'ai sentie un peu inquiète quand la troupe s'est agrandie.

— Je craignais l'apparition des vieilles habitudes de cette période où je devais constamment surveiller les plus jeunes, m'assurer de garnir le panier de provisions pour parer les moindres creux à l'estomac, veiller à ce que les serviettes soient sèches pour le lendemain et que les jouets de plage soient tous rassemblés dans le filet. J'admets que, à cette époque, les mères n'étaient jamais tout à fait en vacances. Cependant, mes appréhensions se sont vite évaporées. J'admire l'attitude de Josée et de Cynthia qui ne s'obligent pas à cette mission impossible, celle d'endosser toutes les responsabilités pour la bonne marche de la maisonnée.

— Il s'agit que tout le monde mette la main à la pâte, peu importe l'âge. Tu as vu comme les jumeaux ont appris à accrocher leur serviette sur la corde, maladroitement, mais ça sèche, et il y a toujours un adulte pour les aider à rassembler les jouets.

— Ça me rend heureuse d'observer ce beau monde. Et toi, qui as dû assumer beaucoup d'engagements après l'accident de Michelle, ça n'a pas dû être facile.

— Tu sais, une fois dans l'action, c'est un peu comme se retrouver dans un engrenage. Le mien était bien huilé.

— Pour moi, le poids sur les épaules, c'était de me sentir responsable de tout, ce devoir implicite qui s'impose parce que personne d'autre ne s'en occupe.

— Je vois les choses différemment. Dans un groupe comme dans une famille, l'harmonie et le bien-être de chacun, c'est l'affaire de tous.

Nous flânons tous les deux sur la plage en surveillant de loin les enfants qui s'amusent maintenant à construire un immense château, là où la mer vient de se retirer.

— Élizabeth, dis-je, je trouve que les tâches partagées deviennent d'agréables moments de complicité et ça me rend heureux : laver la vaisselle avec ton fils et mon gendre, faire la cuisine avec toi ou Cynthia, rentrer des bûches avec les enfants. Eh bien, pendant ce temps-là on est ensemble, c'est l'occasion d'accomplir quelque chose d'utile à tout le monde.

— J'adore ta vision des choses. L'aspect domestique a toujours été lourd pour moi. Un «grugeur» de temps, à recommencer constamment et si ingrat parce que c'est un travail invisible.

— Beaucoup moins quand c'est partagé… dans le plaisir. C'est aussi une façon de prendre soin de ceux que j'aime, de mon jardin ou de ma maison. Mais dis donc, pourquoi louais-tu un chalet plutôt que de t'installer à l'Auberge depuis que tu viens ici ? Ce mode de vacances, n'est-il pas un peu la reproduction des habitudes du quotidien ? Dans un autre cadre.

— Est-ce que tu te sens comme chez toi dans ce chalet ?

— Je te dirais oui. Et j'aime beaucoup ! Et toi ? Tu as détourné la question, pour quelle raison louer en chalet et non à l'Auberge ?

—Je me trouve plus libre avec cette formule, je ne me donnais aucune obligation. Je cuisinais simplement et à mon heure. Tu sais, je me suis sentie davantage chez moi dans ces chalets que dans la maison que j'habitais.

—Et dans celui-ci ? Tu te sens chez toi ?

—Non ! Thomas, je me sens chez nous. Et j'y suis merveilleusement bien.

J'aurais aimé la serrer dans mes bras pour qu'elle comprenne que sa dernière phrase me rendait heureux, très heureux ! Mon élan fut freiné par l'arrivée des jumeaux venus présenter le minuscule crabe qui se débattait dans un seau rempli d'eau.

Oui, pendant cet été, une aura de bonheurs simples a embelli notre destin, particulièrement durant ce séjour en Gaspésie. Mais aussi à chaque minute que nous passons ensemble. J'adore la voir respirer les fines herbes au marché avant de les choisir, ou s'émouvoir en observant un tableau qui la touche en visitant un musée. Avec elle, j'ai renoué avec le plaisir partagé d'assister à un concert ou de fouiner dans une boutique de jouets à la recherche du cadeau idéal pour l'anniversaire des jumeaux. Je pense que ces moments ont contribué à ajouter des couches de nacre sur un irritant grain de sable.

Chapitre 23

Élizabeth

Trois jours après le retour à la maison, je regarde les photos que Cynthia a eu la gentillesse de m'envoyer et je réalise à quel point ces vacances ont été parfaites. Des vacances laissant un espace à chaque portion de la vie. Des moments en couple, d'autres avec la famille, parfois avec des amis, et pourquoi pas, quelques parcelles de solitude. Je suis si heureuse de la chimie qui circule entre Nicolas et Cynthia de même que de la complicité qui s'est nouée entre les petits-enfants. Je craignais l'écart d'âge entre eux, ils sont à des étapes si différentes ! Mais non, tout s'est déroulé harmonieusement.

Cependant, je crois que rien n'arrive pour rien. Quand je me suis rendue à Maria pour ma journée en compagnie de Mireille, j'ai aperçu des gens devant une petite bâtisse, ils y plantaient une pancarte

« À vendre ». Cela a été plus fort que moi, j'ai ralenti brusquement pour m'engager dans l'entrée caillou-teuse. Chandler, la mer y est encore à perte de vue. La maison fait face à l'océan, elle est ombragée par de gros pins. Deux jeunes filles m'ont reçue. Maintenant installées en ville, elles ne souhaitaient pas garder cet héritage de leur grand-mère. Avec elles, j'ai fait le tour du propriétaire. Coup de cœur ! Une maison dont les murs sont entièrement en lambris, les planchers grincent de partout et le bâtiment est sûrement mal isolé. Cependant, j'y ai senti son âme. Et surtout ses parfums ! Comme si les murs y avaient imprégné les traces de la vie de ses habitants. Senteurs de la cire d'abeille pour polir les meubles, de la levure qui gonflait le pain, du feu dans le vieux poêle à bois pour entretenir la chaleur et du foin d'odeur glissé dans les tiroirs. Des arômes réconfortants.

Cette demeure a été aimée et bichonnée. Ça se sent, ça se voit. Même l'extérieur me plaisait.

— C'est votre grand-mère qui a planté les immenses massifs de marguerites et d'hémérocalles et toutes ces hydrangées qui encerclent la grande galerie ?

— Oui, elle plantait des fleurs pour cacher ce qui lui déplaisait, le dessous de la galerie, l'endroit du puits et de la fosse septique.

— C'est vraiment réussi !

Je nous imagine, Thomas et moi, passant les étés ici. Il pourrait continuer à jouer de la musique au bistro de la Vieille Usine s'il le désire. Les enfants auraient la possibilité de séjourner quelques jours avec nous, des amis aussi.

Les jeunes filles logent dans un petit chalet à l'autre bout du village où je les ai suivies pour une amorce de discussion. Elles ont senti mon enthousiasme. Je n'ai jamais acheté de propriété et je ne suis pas certaine que cet intérêt trop évident soit la meilleure stratégie. Le prix me paraît raisonnable. Elles me regardent comme si j'étais une extraterrestre quand je leur dis que je ne possède pas de téléphone cellulaire, et, bien sûr, il n'est pas question que j'utilise celui de Thomas. J'aimerais lui faire une surprise. Je m'engage à leur donner des nouvelles dans la semaine qui suit même si ce n'est pas une promesse d'achat formelle.

Quand je suis arrivée à Maria, je me sentais comme une petite fille qui vient de trouver un trésor. C'est Anne qui m'a ouvert. Je l'avais rencontrée à deux reprises du temps où elle habitait la maison que j'occupe. Elle vit maintenant à Maria, car elle a décidé de suivre son amoureux qui y pratique la médecine.

— Bonjour Élizabeth, dit-elle chaleureusement. Ça me fait un immense plaisir de te revoir. Maman est partie faire une course à la pharmacie, elle ne devrait pas tarder.

— Je suis également contente de te voir, Anne. J'ai loué ta maison par l'entremise de ta mère. Je considère que c'est une grande chance pour moi que tu aies accepté de me la louer. J'ai cru comprendre que c'est un endroit porte-bonheur. Je sais que je n'en suis pas la propriétaire, mais je m'y sens tellement chez moi et si bien. Merci !

— Maman avait raison, cette maison doit s'ouvrir aux gens heureux. D'après ce qu'elle m'a dit, tu as rencontré une perle.

L'évocation de la perle pour désigner Thomas m'a fait sourire. N'était-ce pas un symbole entre nous?

— Bonjour la compagnie! Il y a longtemps que tu es là? me demande Mireille qui arrive tout sourire.

Cette dernière avait préparé un pique-nique et nous sommes parties toutes les deux en direction du Parc du Vieux-Quai, laissant Anne travailler en toute quiétude dans son coin bureau. Nous avons marché bras dessus, bras dessous pendant qu'elle me racontait une rencontre faite récemment. C'était plutôt une ombre passée furtivement dans sa vie et qui avait resurgi. Je l'ai sentie à la fois enthousiaste et réservée. Mireille a besoin de tâtonner des pieds avant de les poser fermement.

— Élizabeth, je trouve incroyable et merveilleuse ton histoire avec Thomas. Je suis très contente pour toi, j'aimerais bien que le destin porte un si beau coup une seconde fois.

— Pourquoi pas?

Je lui souhaitais autant de bonheur qu'à moi. Je sais que Mireille est heureuse, c'est une femme épanouie et resplendissante. Mais avec Thomas, j'ai appris que si tous les morceaux de notre vie sont satisfaits, particulièrement le cœur, cela produit un rayonnement surprenant sur tout notre être. Avant de nous arrêter pour manger à l'une des tables à pique-nique, Mireille a intercepté des touristes pour qu'ils nous captent en photo. Le résultat a donné un tableau plus grand que nature où nos silhouettes lilliputiennes se dessinent à l'intérieur d'un cadre géant installé en bordure de la mer et qui laisse toute la place à la magnificence des lieux. Entre les bouchées des délicieux sandwiches au homard préparés par mon amie et un état de fébrilité qui me gagnait à nouveau, je lui ai raconté mon escale du matin. Je ne m'attendais pas à cette réaction de sa part. Figée, les yeux interrogateurs ou surpris, je ne saurais préciser, elle m'a dévisagée comme si j'étais une étrangère. Moi qui croyais qu'elle trouverait mon idée géniale. Elle a fini par se mouvoir après avoir avalé sa bouchée et le regard aussi perçant qu'un laser, elle m'a demandé :

— Tu comptes en parler à Thomas ?

— Mais non, je veux lui faire une surprise !

Silence…

— Mireille, qu'est-ce que tu as, qu'est-ce qu'il y a ?

— Oh ! juste une impression de « déjà vu ». Tu n'as pas cette impression, toi ?

Bang ! Sur le coup, j'ai tenté de cacher que sa réaction m'offusquait. Mais Dieu qu'elle avait raison ! Pourtant, la situation est différente. Thomas adore la Gaspésie alors que je déteste la Floride. Mireille ne lâchait pas le morceau, j'ai avalé cette demi-vérité. Il me fallait digérer l'autre moitié.

— Soit, tu n'aimes pas la Floride, dit Mireille. Mais est-ce vraiment ce qui t'a le plus blessée quand tu as découvert ces papiers de propriété après la mort de Bernard ?

— Tu as raison. C'est juste, je n'aime pas la Floride, mais surtout, je ne me suis pas sentie respectée. Bernard n'a jamais véritablement tenu compte de mes désirs. Sans doute parce que je finissais par adhérer à ses choix. Je n'ai aucun souvenir d'avoir défendu fermement mon point de vue. Je pense qu'il y a aussi le fait que la décision était unilatérale. Ce n'était pas un projet commun.

Mireille est restée silencieuse. Elle m'a observée me débattre dans ma déception. De plus, j'avais la certitude qu'elle regardait en moi et m'offrait un miroir qui me renvoyait une image que je n'aimais pas du tout. Elle aurait pu me lâcher en plein visage que je n'étais pas mieux que mon défunt mari. Non, Mireille n'est pas une personne à nous lancer nos quatre vérités. Elle possède ce talent de nous amener à les découvrir par nous-mêmes. Découragée, j'ai fini par dire :

— Oh ! Mireille. Pendant un instant, je t'en ai voulu de jouer la rabat-joie devant ce projet. Je nous vois tellement Thomas et moi dans cette maison. Mais je m'apprêtais à faire un méchant faux pas. Je ne sais plus quoi faire.

— Tu n'as qu'à ajuster ton pas à celui de Thomas !

Finalement, j'ai parlé avec Thomas de cette maison qui avait d'abord capté mon regard, puis attrapé une petite place de mon esprit. J'ai rappelé les jeunes filles pour une nouvelle visite, à deux cette fois. Pendant cette seconde visite, mon cœur battait au ralenti, tellement je craignais qu'il ne s'arrête. Le charme opérait toujours sur moi, et grandissait, alors que Thomas posait des questions sur des aspects techniques. Un toit qui ne coule pas, j'en comprends la nécessité. Une tuyauterie qui ne lâche pas en notre absence, ça aussi, j'en saisis l'importance. Mais je me fiche de la qualité de l'isolation ou de celle d'un système de chauffage pour une maison d'été. Je l'ai observé ouvrir et refermer les fenêtres, s'amuser à faire grincer le plancher. Il a même demandé à voir le sous-sol.

— Nous vous donnerons des nouvelles d'ici peu, a-t-il simplement dit aux jeunes filles avant de les quitter. Son visage demeurait neutre ; impossible de savoir si l'endroit le charmait ou s'il n'avait vu que des défauts.

Une fois en route, il a allumé la radio. Au bout de trois minutes qui m'ont paru une éternité, il l'a éteinte et m'a dit en souriant :

— C'est une belle et bonne vieille maison. Elle te plaît toujours après cette visite ?

— Et comment ! Et toi, est-ce que tu l'aimes ?

— Elle a un certain charme, elle est bien située. J'ai besoin de dormir là-dessus avant de prendre une décision finale.

— C'est sage, je vais tenter de calmer mon impatience.

— Si l'achat de cette maison ne se concrétise pas, on trouvera un autre projet de couple. Promis ! Ça te va ?

Le reste du trajet pour nous rendre à la Vieille Usine, je me sentais choyée, privilégiée que cet homme soit maintenant dans ma vie. Mon cœur était gonflé de tendresse. Nous avons retrouvé ses amis musiciens pour un souper avec leurs compagnes que je rencontrais pour la première fois.

— Je commençais à désespérer de vous voir, dit Bruno quand nous sommes entrés. Thomas, toi si ponctuel…

— Excusez notre retard et je viens de réaliser que ça nous coince un peu dans le temps pour souper.

Dès que Thomas et moi avons rejoint le groupe, un serveur s'est avancé, prêt à inscrire nos choix de repas dans son calepin.

— La cuisine est prévenue, dit-il. Votre commande sera traitée en priorité.

Leur trio occupait l'estrade pour la dernière fois de la saison. Le repas était joyeux, animé, puis les trois hommes ont regagné leurs instruments.

— Vous venez souvent écouter la musique de vos hommes ? ai-je demandé.

— On vient ensemble, deux ou trois fois par été, a dit Claudie. On s'entend bien et ça nous donne l'occasion d'un souper entre amis avant le spectacle.

— Claudie et moi avions très hâte de faire ta connaissance, a ajouté la compagne de William. Ta présence fait du bien à Thomas, ça faisait longtemps qu'on ne l'avait pas vu si… épanoui.

— Lui aussi, il me fait du bien, je vous l'avoue.

Le reste de la soirée a été très agréable. Je savais que ces couples se connaissaient depuis plusieurs années. Je me suis sentie des leurs presque instantanément. Toutes les trois, nous chantions certains des airs, applaudissant chaleureusement entre les mélodies. J'espérais répéter ce genre de soirée et pour cela, il nous fallait revenir en Gaspésie.

À mon réveil le lendemain, j'étais seule dans le lit. Thomas avait l'habitude de marcher sur la plage très tôt le matin quand il logeait à l'Auberge. Néanmoins, cette année, il avait ajusté sa routine à la mienne et nous y allions ensemble après le déjeuner. Peut-être que ce matin, il avait besoin d'un moment de solitude pour réfléchir. L'arôme de café m'accueille dans la cuisine, je m'installe sur la galerie avec une tasse fumante et un bouquin en attendant son retour. À peine ai-je tourné une page que j'entends la porte moustiquaire.

— Bonjour, Silhouette de mes rêves. Bien dormi?

— Comme toujours avec le murmure des vagues à mon oreille.

— J'ai fait un crochet à la cuisine pour aujourd'hui.

Il a placé un plateau sur le coin de la rampe et il a déposé les deux assiettes toutes chaudes et odorantes sur la table d'appoint. J'ai reconnu le déjeuner « à la Mathilde ».

— J'ai pensé que ça serait bien pour un petit-déjeuner d'affaires.

— Oh! dis-je, ça fait sérieux. Tu as un ordre du jour?

— Certainement, pour savoir où on s'en va. En trois points. Un : suite de la visite de la maison. Deux : investissement. Trois : projections.

— Tu me coupes le souffle ! J'ai bien peur de ne pas être aussi bien préparée que toi.

— Ça me surprendrait.

Thomas est entré remplir nos tasses de café et a rapporté des couverts.

— Je suis allé téléphoner à l'Auberge pour ne pas te déranger et l'idée de ce repas s'est imposée en passant près de la cuisine.

— Oh ! La charmante surprise. Merci.

— Et… bonne nouvelle ! Les filles ont révisé leur prix à la baisse.

Je suis restée sans voix. Il s'était montré plus stratégique que moi, et c'est à ce moment-là que je me suis rendu compte à quel point ce projet l'enthousiasmait autant que moi, sinon plus.

Je vivais dans une maison en location et je souhaitais qu'Anne ne la réquisitionne pas avant très longtemps. L'endroit me convenait très bien. Thomas voulait vendre la sienne l'année suivante et désirait habiter dans le cœur de Québec. Je n'entrevoyais aucunement de vivre sous le même toit que lui. Du moins, pas dans l'immédiat.

— Thomas, pour le moment, j'ai encore besoin de garder un lieu qui m'est personnel.

— Je comprends très bien. Mais dans ce chalet que nous avons partagé pour les vacances, tu disais bien que tu te sentais « chez nous ».

— Je le pense toujours, disons qu'à ce moment précis, j'ai ouvert une porte, et c'est pourquoi je tenais tant à cette maison que nous sommes sur le point d'acquérir ; je veux en faire notre chez nous.

Un mois après ces vacances, nous sommes revenus en Gaspésie pour la visite chez le notaire. La vieille maison nous appartenait. Un point d'ancrage commun pour y passer les étés. Cette fois-là, j'ai vu les yeux brillants de Thomas. Il a dessiné un plan sommaire, j'ai mesuré les fenêtres et ensemble, nous avons dressé la liste de quelques travaux à exécuter et des articles à nous procurer. Thomas a pris des photos. En sortant, nous avons aperçu l'un des voisins qui récoltait des pommes de terre dans son potager. Il a répondu à notre salutation par un geste d'invitation à le retrouver. Sans être installés dans cette demeure, des germes d'une vie à bâtir commençaient à prendre racine.

Le printemps suivant, Mireille avait passé une nuit chez moi, une escale pour couper la route entre Charlevoix et Maria où elle se rendait. Nous sirotions un cognac, installées devant la grande fenêtre qui donne sur le fleuve. Il restait quelques plaques de neige dans les coins ombragés.

— Tu rayonnes, Élizabeth, je ne t'ai pas connue malheureuse, mais, disons que la présence de Thomas dans ta vie te donne de l'éclat.

— Merci, je n'aurais jamais cru vivre un tel bonheur… pas à mon âge. Tu sais, avec Thomas, j'ai appris qu'il est possible de construire un « nous » sans tout engloutir du « soi ». Il m'a fait découvrir la vraie richesse, celle d'une qualité de présence exceptionnelle, celle des sentiments teintés de respect, d'une immense tendresse et d'une complicité que je n'avais jamais connue dans ma vie de couple. Avec lui, l'amour offre un visage qui s'accorde à notre âge, il est aussi grand et profond, quoique différent du premier amour, celui de la jeunesse, rempli de passion. Thomas est devenu le compagnon de vie que jamais je n'ai cherché.

— On pourrait dire qu'il s'est présenté non pas comme un prince charmant, mais comme un charmant prince.

— Très juste, dis-je en riant. Et surtout, je retiens qu'un tel sentiment peut nous surprendre à tout âge, même si je croyais que la possibilité d'aimer à nouveau était remisée à jamais.

— T'arrive-t-il de… comparer ?

— Au début, oui. Mais avec Thomas, j'ai aussi appris que rien n'est tout noir, ni tout blanc. Quand je l'avais écouté parler de Michelle, évoquer les beaux souvenirs qu'il souhaitait conserver plutôt que ceux qui avaient ombragé sa vie, aucune jalousie ne m'avait effleurée. Parce que j'avais la certitude de me trouver face à une personne d'exception.

Savoir préserver le meilleur parce que c'est ce qui sert de tremplin pour plonger à nouveau dans le bonheur quand il refait surface. Cette vision m'a amenée à revisiter mon existence sous un regard neuf. J'ai réussi à dénicher de beaux souvenirs de ma jeune vingtaine. D'émouvants moments de couple, l'émerveillement devant les petits êtres que j'ai mis au monde et à qui j'ai tenté de donner le meilleur ; j'ai connu des amitiés sincères, comme la nôtre. J'ai rempli un cahier de ces souvenirs avec des notes et quelques clichés pour me les rappeler. Je le garde précieusement pour le feuilleter quand je serai devenue une vraie vieille dame.

— Longue vie à nous, a dit Mireille avant d'avaler une dernière lampée. Pour que les vieilles dames que nous serons devenues aient encore de beaux souvenirs à se raconter.

Aujourd'hui, un homme qui me comble habite ma vie. Entre ce carnet soigneusement rangé et ma rencontre avec Thomas, il y a beaucoup d'années bien surchargées, mais qui ont laissé un grand vide dans mon cœur. Comme ce geste souvent reproduit par l'enseignante que j'ai été, j'essaie d'effacer cette section du tableau. Un autre tableau me revient en tête, celui de l'immensité baignée de bleus et enveloppée de cette clameur des vagues qui m'avait tant bouleversée à mon arrivée en Gaspésie lors de mon premier séjour. L'effet de « cailloutement » avait provoqué une fissure qui a fait une place à l'inattendu : l'arrivée de Thomas dans ma vie.

Thomas

É lizabeth est rayonnante. Cependant, je la sens fébrile. Depuis hier, elle s'est activée à rendre la maison impeccable. Les chambres sont prêtes à recevoir les invités, le réfrigérateur est bien garni, les jeux de société et les puzzles sont sortis de leur placard. Tout en préparant des sandwiches pour le dîner, je l'observe à travers la fenêtre de la cuisine, elle est en train de cueillir des fleurs.

Quand nous avons acheté cette demeure, nous avions établi un critère : pas de travaux majeurs, il suffisait de rafraîchir un peu les lieux pour y mettre notre couleur. Je ne souhaitais pas consacrer des semaines, voire des mois à retaper une vieille bâtisse, j'avais mieux à faire. J'ai toutefois consenti à deux travaux « mineurs ». L'aménagement d'une plate-bande à l'arrière de la maison est l'une de ces concessions. J'avais hésité. Je ne voulais pas que notre refuge d'été ressemble à ces terrains paysagés des banlieues. Je comprenais qu'Élizabeth désirait assouvir sa passion du jardinage. Alors, j'ai cédé. Comme je m'en réjouis maintenant! Et je n'ai même pas eu à me salir les mains dans la terre pour l'aider.

Notre voisin, monsieur Larrivée, ne demandait pas mieux que de rendre service à cette nouvelle venue. Cet homme est comme un petit garçon quand il se retrouve sur son tracteur. Toutes les occasions sont bonnes et avec les idées d'Élizabeth, il s'est fait plaisir. Il a labouré une parcelle du terrain, il a planté des pieux qui dormaient derrière sa grange pour installer une clôture de perche, puis il a transporté trois remorques pleines de belle terre. En bonus, il a apporté un demi-voyage de fumier pris à même sa réserve. Élizabeth était aux anges. Au début, j'avais regretté d'avoir consenti à ce projet, je craignais qu'elle n'étire trop la sauce. Mais non! Même si elle se montre plus affirmative que par le passé – c'est ce qu'elle dit –, Élizabeth est une femme raisonnable, sensible aux siens et préoccupée pour que son « nouvel esprit d'affirmation » n'entrave pas la liberté des autres. Aujourd'hui, je me réjouis de cette magnifique plate-bande champêtre qui enjolive le terrain. Élizabeth en a planifié la floraison de sorte qu'il y a constamment une variété en fleurs pour agencer de superbes bouquets à disposer dans la maison.

— Oh! il est immense, dis-je quand elle arrive dans la cuisine. Y a-t-il un pot suffisamment grand?

— Non, c'est que je veux préparer de petits arrangements à déposer dans les chambres.

— La nôtre aussi?

— Pourquoi pas!

— Et le grenier?

— Pour cet endroit, j'ai prévu autre chose. Je crois que les enfants vont davantage se réjouir d'un bouquet de ballons que de fleurs.

Le grenier, c'était l'autre «projet mineur». Pour moi qui n'ai pratiquement aucun talent manuel et qui démontre peu d'intérêt pour la menuiserie, je trouvais que c'étaient des travaux d'importance. Mais Élizabeth s'est organisée pour que je mette «la main à la pâte» dans le rôle de cuisinier attitré plutôt que dans un coffre à outils. Cette fois, monsieur Larrivée fils est venu à la rescousse. Au pistolet, il a peinturé en blanc les poutres du plafond et tous les murs. Élizabeth a coloré le sol de planches brutes d'une teinte jaune soleil. Ce grenier qui me paraissait un endroit sombre et lugubre est devenu une pièce vivante et lumineuse. Ce coin-dortoir dégage maintenant une atmosphère pétillante, il fera sûrement la joie des petits-enfants. Ils vont le découvrir en arrivant tout à l'heure.

Pour la première fois, nos deux familles seront réunies au complet pour une semaine de vacances. Même Daniel. Je crois que j'ai réussi à l'apprivoiser.

Du moins, je l'espère. C'est un peu grâce à ses filles dont j'avais fait la connaissance au cours d'une journée plein air qui avait réuni tout le monde pour un souper partagé chez Nicolas. Je le dois beaucoup à Cynthia qui sait si bien gagner le cœur des enfants.

Depuis que nous avons acheté cette maison, Élizabeth et moi y passons de cinq à six mois chaque année. Nicolas et Cynthia y séjournent deux semaines chaque été et ils synchronisent leurs vacances pour permettre aux enfants de se retrouver. Alex vient également avec sa compagne pour quelques jours. Mon fils, qui occupait tous ses temps libres à voyager, et que je voyais trop peu souvent, commence à se déposer. Sa Christine est une vraie fille de la ville et dit qu'ici elle réussit comme jamais à se reposer de son rythme de vie effréné. Je soupçonne qu'au début c'est elle qui insistait pour qu'ils nous rendent visite en Gaspésie. Je découvre avec Alex une intimité et une complicité que nous n'avions jamais connues depuis qu'il est adulte. Élizabeth fait réellement mon bonheur et Alex l'aime beaucoup. Je suppose que ça lui fait du bien. Je crois qu'il se tenait éloigné de cette tristesse qui m'a suivi durant des années. Je suis en train de ranger de la bière au réfrigérateur quand, du salon où elle est allée déposer un de ses bouquets, je l'entends.

— Les voilà ! me crie Élizabeth tout excitée.

— Tous en même temps ?

Les quatre voitures s'enfilent dans l'allée de gravier, empiétant sur ce qui tient lieu de gazon.

Devant notre surprise à les voir arriver tous en même temps, les jumeaux expliquent que les adultes s'étaient donné rendez-vous dans un restaurant à Sainte-Anne-des-Monts.

— On a continué la route à la queue leu leu après le dîner, dit l'un des jumeaux tout joyeux.

— C'était *cool*, s'exclame la petite-fille d'Élizabeth, les garçons n'arrêtaient pas de se faire des saluts de la fenêtre de l'auto.

— Pas toi ? dis-je.

— Moi, je suis rendue trop grande pour ces jeux-là. Mais pendant ce temps-là, mon frère me laissait tranquille et je pouvais regarder la mer sans me faire tout le temps chatouiller. J'ai hâte de voir ce qu'il y a de nouveau dans la maison, on peut y aller ?

— Allez ! c'est aussi chez vous pendant les vacances, répond Élizabeth en riant. Je vais faire visiter la maison à tes cousines.

Je remarque que Daniel est le dernier à descendre de son auto et qu'il prend le temps d'embrasser le paysage avant de se diriger vers sa mère.

— Ne t'inquiète pas, ai-je chuchoté à Élizabeth en lui entourant une épaule de mon bras. Je suis certain que les sirènes de la mer vont le charmer et qu'il adorera son séjour, même si c'est un peu plus frais que sur la côte Est américaine.

— Je t'aime, m'a-t-elle simplement répondu.

Puis elle a marché en direction de son fils aîné.

~ ~ ~

Que dire de ces vacances sinon qu'elles se sont déroulées dans la joie, la complicité et l'harmonie. Vivre à seize personnes dans une maison est un tour de force de nos jours. Nous y sommes arrivés ! Comme je m'y attendais, le grenier s'est révélé un endroit enchanteur pour les marmots. Se partageant les nuitées, Cynthia et son mari, puis Nicolas et sa femme ont dormi avec les six enfants dans le grenier-dortoir, couchés sur des matelas à même le sol.

Un jour de pluie, Élizabeth et moi avons amené la troupe des jeunes à la Vieille Usine pour un atelier de peinture sur céramique. Notre marmaille formait la moitié du groupe de ces artistes en herbe. C'est ainsi que dans la maison, un pot à fleurs, un porte-savon et une tasse laissent des traces de cette forte complicité avec nos petits-enfants. Une autre journée, monsieur Larrivée les a invités dans son poulailler pour leur présenter ses volailles et ramasser les œufs. Les enfants ont aussi eu droit à une balade autour de ses terres, tous entassés dans la charrette à foin.

Les journées sur la plage, les soirées autour d'un feu de camp ou consacrées à jouer au Monopoly, les moments perdus utilisés à ajouter quelque morceaux au puzzle que j'avais installé dans la véranda, la préparation des repas et toutes les petites tâches du quotidien, eh bien, tout a coulé merveilleusement bien. Daniel semble avoir subi l'effet d'entraînement des autres, pour le plus grand plaisir de sa mère.

Le dernier jour de leur visite, j'avais réservé à l'Auberge pour le souper. Le regard un peu sceptique échangé entre Daniel et sa femme en entrant dans la réception ne m'a pas échappé. Cependant, comme moi, il y a bien des années, la première impression a rapidement été balayée. Les lieux physiques, in-changés depuis les débuts de l'Auberge, présentaient sans doute une allure de « passé date » à leurs yeux, c'est en tout cas ce que j'avais cru décoder dans l'œil de Daniel. Mais, une fois qu'on a vu le lieu, il est facile de se laisser imprégner de l'ambiance chaleu-reuse. Et ce soir-là, le charme a opéré à travers la convivialité du personnel, en particulier l'attitude bienveillante de Camille. Ça fait un peu plus de vingt ans qu'elle travaille à l'Auberge, et elle tenait à faire elle-même le service à notre table.

— Vous avez une belle famille, Monsieur Thomas, m'a-t-elle glissé en nous accompagnant à notre place, ça fait plaisir de vous voir ainsi avec madame Élizabeth.

— C'est un peu grâce à l'Auberge, vous savez !

— Oui, je sais.

Quand tout le monde a été installé, elle a distribué les menus en précisant :

— Il n'y a pas de menu enfant sur la carte. Vous faites votre choix et nous ajustons les portions et les prix en conséquence.

Cette façon de faire a ravi les enfants qui se sentaient sur le même pied que les adultes. Ils ont tous vidé leur assiette en se délectant. La nourriture était excellente, comme toujours, et le service accompli avec une courtoisie raffinée. Les enfants ont fait honneur au bar à desserts, ils se sont servis deux fois plutôt qu'une.

Après le repas, Élizabeth a dirigé la petite troupe vers le fleuve, près du sentier qui se faufile jusqu'à la plage, à côté de la balancelle. L'endroit même où une silhouette avait surgi dans ma vie et levé un voile pour dissiper le chagrin qui assombrissait mon existence depuis de longues années. Le soleil descendait en mélangeant toutes les nuances de ses plus beaux couchers.

Malgré leurs sept ans, les jumeaux ont su exprimer à leur façon toute la beauté de ce magistral spectacle.

— Oh! Regardez, a dit l'un des jumeaux tout émerveillé, le ciel est de la même couleur qu'un melon cantaloup.

— Moi, je trouve qu'il est de la même couleur que le poisson que grand-papa a mangé, a rétorqué son frère.

— Et moi, je trouve que vous avez tous les deux raison, a dit Cynthia, le soleil s'amuse à peindre le ciel de toutes ces couleurs.

Les deux garçons se sont collés près de leur mère jusqu'à ce que le ciel emprunte la teinte de la nuit naissante. Le lendemain matin, au moment du départ, l'une des filles de Daniel a simplement dit à Élizabeth en l'enlaçant: «C'était trop court, grand-maman. » Mission accomplie! ai-je pensé. Sa réplique m'a ému, mais la répartie de Daniel m'a abasourdi.

— Et l'année prochaine, ce sera à mon tour et à celui d'Alex de dormir avec vous dans le grenier-dortoir.

Il a dirigé son regard en direction de sa femme, puis vers Alex qui, d'un geste de la tête, a confirmé leur accord. Il n'a pas vu les yeux embués d'Élizabeth. Parce que ces paroles de Daniel indiquaient qu'il allait revenir. Ces paroles sous-entendaient qu'il acceptait maintenant les choix de sa mère, y compris ma présence dans leur famille.

— Et peut-être qu'on pourrait rester deux semaines, a-t-il dit en s'adressant à Élizabeth.

Je savais que j'arrivais à rendre heureuse cette femme qui était entrée dans ma vie. Ces vacances avec nos enfants se terminaient, elles venaient d'ajouter une nouvelle couche de nacre à notre histoire.

Après leur départ, Élizabeth m'a entraîné à l'intérieur de la maison. Elle a sorti mon joli panier à pique-nique de rotin et s'est mise à le remplir de victuailles. Le silence était revenu dans notre vie et les cris stridents des mouettes entraient par les fenêtres. J'ai sorti une bouteille de vin, une grande couverture et des bouquins, puis nous avons traversé la rue pour descendre sur la plage. Aucun mot n'avait été prononcé, j'arrivais maintenant à lire ses gestes, à interpréter ses sourires, à comprendre ses mimiques, comme si nous avions développé un code bien à nous pour exprimer nos désirs et notre amour.

Assis près d'un billot, j'ai ouvert la bouteille de rosé. Élizabeth tenait les deux verres pendant que je les remplissais. Elle avait ce regard à la fois pénétrant, doux, un brin énigmatique qui précédait nos décisions importantes.

— Thomas, ça fait trois ans maintenant que nous passons presque la moitié de l'année dans cette maison. J'y connais un bonheur impossible à mesurer tellement il est grand. Et... je pense que... si tu m'amenais visiter ce condo du quartier Montcalm dont tu m'avais parlé, est-ce que tu le trouverais encore trop vaste... pour deux ?

Je lui ai retiré les verres pour les déposer sur le couvercle du panier et lui permettre de s'asseoir entre mes jambes et je l'ai enlacée de mes bras en la berçant doucement. Depuis trois ans, j'espérais ce moment. Instinctivement, je me suis mis à chantonner *Nature Boy*. La marée montait et des bandes de bécasseaux couraient en fuyant les vagues qui les pourchassaient. Un voilier glissait au large, ses grandes voiles effleurant le bleu de l'infini. Comme Élizabeth, à ce moment précis, je goûtais un bonheur à l'image de la mer qui s'étendait à l'infini devant nous, impossible à mesurer.

Fin